引退冒険者は従魔と共に乗合馬車始めました

Amagorio
アマゴリオ

ill.
とねがわ

Characters

バン

本作の主人公。
冒険者引退を考えており、
相棒のニールとまったり暮らそうと
乗合馬車稼業を始める。

リタ

バンの冒険者仲間で、
魔法が得意な頼もしい戦士。
長命なエルフだが、
年齢の話は禁句。

ニール

スレイプニルという魔物で、
仔馬の時にバンに助けられる。
食いしん坊すぎて、
超巨大に成長。

アン
バンの馬車の護衛になった新米冒険者。魔法使いで、人懐っこい性格。
ドウ
バンの馬車の護衛になった新米冒険者。しっかり者のリーダー。
トロワ
バンの馬車の護衛になった新米冒険者。チャラめの剣士。
ティア
ケルピーという水棲《すいせい》の魔物。ニールとは馬が合わないらしい？

1話　転職

貧しい農村出身で兄弟も多く、腹いっぱいになった思い出もない俺――バンは冒険者になった。

学もなく、デカい体と世渡りだけが取柄だったし、すぐに食べ物にありつける職業を選んだんだ。

まあ、それしか選択肢がなかったともいう……

冒険者を目指し、見習いから始め、戦闘、読み書き、計算などを先輩やギルド職員から学んでいった。

月日が経ち、中堅冒険者の最上位にあたるゴールドランカーまで上りつめたが、そこが俺の限界だった。

俺は戦闘では前衛職。魔法も少しは使えるが剣士だ。

上のランクを目指して精いっぱい頑張ったが、剣だけでは上位のミスリルランカーにはあと一歩届かなかった……

歳もおっさんとなり、体力も衰《おとろ》え、向上心もなくなり、安定を願うようになってしまった。

いろんなことに疲れた俺は、冒険者稼業の引退を考え始めた。

その下準備として、冒険者時代に貯めた金で、ひとまず別の商売を始めてみることにする。

その商売とは、馬車の馭者《ぎょしゃ》。

幌《ほろ》馬車を馬や魔獣《まじゅう》に引かせ、人や荷物を運ぶのだ。

なんでこの仕事を選んだかというと――


時は二年前に遡《さかのぼ》る。俺は討伐依頼の帰りに、瀕死《ひんし》の魔獣の幼体と森の中で出くわした。

馬型の魔獣、スレイプニルだ。

スレイプニルは魔獣といっても、こちらから攻撃しなければ特に害はない。

仔《こ》スレイプニルは衰弱《すいじゃく》して震えていた。

俺は回復薬のポーションの瓶《びん》に小指を入れ、仔スレイプニルの口元に差し出す。

仔スレイプニルは必死に体を起こし、匂いを嗅《か》いだ後、俺の指に吸いつき始めた。

その仕草にどうも庇護《ひご》欲を感じてしまう。

ポーションを与えていると少しは回復したらしく、震える足で踏ん張って立とうとする。

その姿を見て、心の中で頑張れと応援している俺がいた。

ようやく立ち上がってこちらを見つめる仔スレイプニル。

こいつを飼おうと決めた俺は、仔スレイプニルを『ニール』と名付けた。

名付けセンスについては、あまり言わないでほしい……

するとニールは、「キュ～ン」と返事をするように鳴いた。

その途端、なんとなくこいつの気持ちが伝わってきた。

俺が歩きだすとついてくる。目を合わせると見つめ返してくるし、俺の周りを嬉しそうに跳びはねる。

しばらく一緒に過ごすうちに、俺はニールとなんとなく意思疎通ができるようになった。

言葉は通じないはずだが、種族を超えた絆《きずな》(?)ってやつなんだろう。


その後、俺はニールを育てるため、北の辺境伯《へんきょうはく》領の村に引っ込んだ。

そしてニールと共に、ゆっくりと過ごしていたんだが……

ニールの食欲はすごかった。それはそれはすごかった。

それに従い体もデカくなる。

気付けば、立派な軍馬以上の巨馬に……

だが、輝く黒い毛並みも、赤く光る目も、とても綺麗《きれい》で格好良い。自慢《じまん》の我が子で相棒だ。

しかし、このままでは破産してしまう。主に、ニールの食費で……


というわけで、今に至る。

俺は村から領都に出て、馬車を買い、古巣の冒険者ギルドにニールを従魔《じゅうま》登録した。

従魔というのは、魔獣の中で人間と相棒の関係になった存在を表す言葉だ。

従魔登録すると、従魔の証《あかし》である銀のタグが二枚もらえる。

俺とニールでそれぞれ身につけた。

次に商業ギルドで、個人で商売をする事業主になる登録をし、銅のタグをもらった。

この登録は一年ごとに更新が必要で、けっこう金がかかる。

さらに馬車業を管轄している運輸ギルドにも登録する。所属すると馭者と馬車にかかる通行税が免除されるからな。

ただこれも、一年ごとに更新料がかかる……

こうしていろいろと登録しただけで、小銀貨三枚が懐《ふところ》から消えた。

ちなみに、よく使われる硬貨は、鉄貨、小銅貨、銅貨、大銅貨、小銀貨、銀貨、金貨、大金貨あたり。今並べた順に、それぞれ一つ手前の硬貨十枚分の価値がある。

貨幣単位はテルで、鉄貨一枚が一テルにあたる。庶民の月収は大体二十万テルくらいだ。

それからついでに運輸ギルドの受付で、馬車を使った仕事を紹介してもらう。

提示された仕事の一つ目は貨物馬車。ギルドから依頼された荷物の輸送をする。

報酬は一日五万テル。

荷物の重量が重く、危険地帯に行くことも多いので、その分報酬も高めに設定されている。

二つ目は乗合馬車。村や町で人を乗せ、目的地まで運ぶ。

こちらの報酬は自分で決めていいらしいが、相場は客一人に対し、一日あたり千五百テルだぞうだ。

どっちにするか悩んでたら日が暮れたので、取っていた宿に行く。

ニールの世話をした後に部屋へ行き、乗合馬車の稼ぎを試算してみる。

馬車には十人乗せるとして、一日およそ一万五千テルの儲けか。

そこから俺の食費に、ニールの食費に、護衛の人件費を差し引いてと……

いろいろ考えて乗合馬車にすることにし、馬車の護衛は料金の低いアイアンランクの冒険者に依頼することにした。

だが、アイアンランクではいろいろキツいだろうなぁ〜。

冒険者のランクには名前がついており、下からウッド、アイアン、ブロンズ、シルバー、ゴールド、ミスリル、オリハルコン。

アイアンランカーの中には、見習いのウッドランカーとさして違わない奴もいるから、面接をさせてもらおう。

素行が悪そうなのとか、不潔なのは勘弁だ。お客に不快な思いをさせても困る。

考え疲れた俺は、いつの間にか寝落ちしてしまった。

◆

翌朝、俺は運輸ギルドに行き、受付で「乗合馬車をやる」と告げた。

すると、白い木札をもらった。

白は乗合馬車、赤は貨物馬車の登録の証《しるし》だそうだ。

馭者はこれを首からかけないといけないらしい。

すでに冒険者のタグ、従魔登録のタグ、個人事業主のタグが首にかかっている。

そこへ運輸ギルドの白い木札……

趣味の悪い首飾りか！　と、心の中で思わずツッコミをしてしまう。

運輸ギルドを出ると、ニールが慰《なぐさ》めるように顔を擦《す》り寄せてきた。

本当にいい相棒で、いい愛馬だ。

恥ずかしいタグの束は服の中にしまい、俺は馬車の護衛依頼を出しに、ニールの手綱《たづな》を引いて冒険者ギルドへと進んでいった。


冒険者ギルドに到着して外の柱に手綱を結ぶ。

そして『アイテムバッグ』から桶《おけ》を出し、初級水魔法で水を入れてやる。

ちなみに、このアイテムバッグは冒険者時代に入手したもの。アイテムバッグの中では小ぶりだが、倉庫一個分の量が入る。

俺はダンジョンで手に入れたが、買うとなれば値段の相場は、最低でも一千万テル。ひと財産な代物だけあって、あると本当に助かるんだよな。

水を入れた後、ニールに「少しだけ待ってろ」と声を掛ける。

ニールは「ブルル（分かった）」と返事をし、水を飲み始めた。

ニールの首を軽く叩き、冒険者ギルドの中へと入る。

早朝の冒険者で混雑する時間帯は過ぎていたが、それでもかなり賑《にぎ》わっていた。

俺は依頼受付のカウンターに向かった。

長年冒険者をしていたが、依頼のエリアに行くのは初めてだから少し不安だ。

依頼窓口に行くと、見知った顔と出くわした。

三年ぐらい前、受付でよく話したショウという名の青年だ。

彼も俺を覚えていてくれたみたいで驚いていた。

冒険者として依頼をまた受けてほしいとお願いされたが、引退を考えていると話すと諦《あきら》めてくれた。

そんなこんなで、次のような乗合馬車の護衛依頼を出す。

依頼内容　乗合馬車の護衛。ここから南の街道を通って王都まで。
期間　　　三十から三十五日間。
報酬金額　一日あたり五千テル。

条件　三名以上のパーティー。明日の夕方、ギルドにて面接予定。

この報酬ならブロンズランクの冒険者だと最低賃金以下だから、受けられないはずだ。

となると、アイアンランカーが依頼を受けるだろう。

依頼は受付で無事受理され、すぐにギルド内に張り出してもらえた。

用事が終わりギルドを出ようとすると、併設されている酒場から声を掛けられた。

声のした方を見ると、そこにいたのは古い仲間、ドワーフのボウモア。

昔はよく臨時パーティーを組んで、一緒に依頼をこなした。戦斧《せんぷ》と大盾《おおたて》の使い手で、強固な盾役であり、一撃の破壊力にも長《た》けた男。

流石《さすが》は酒好きのドワーフで、この酒場で朝からエールをあおっていたらしい。

俺も同席してワインを頼み、乾杯《かんぱい》する。

お互いの近況を話し終えたところで、俺はボウモアに伝える。

「実は、そろそろ引退するつもりだ」

「そうか……」

ボウモアは、俺の言葉に少し寂しそうに笑って返した。

話は変わるが、ボウモアは新人の冒険者たちの世話をしているらしい。見どころのあるパーティーがいるから、そいつらに俺の馬車の護衛依頼を紹介すると約束してくれた。

それと、王都まで行くならと、知り合いの鍛冶師《かじし》を紹介してくれた。

その鍛冶師はラガーリンといい、発明が得意でいろいろなものを作っているそうだ。馬車の修理や改良もしていて、興味があるなら顔を出してみろと言われた。


礼を言ってボウモアと別れ、ギルドの外に出る。

するとなぜか、人だかりができていた。

まあ、理由は予想がつく。

人ごみをかき分けると……やはり、ニールの周りに人が集まっていた。

こんな巨馬の魔獣、めったに見ないからな。

ニールは桶の水を飲み終わり、のんびりしていた。

俺はこの人だかりをチャンスと思い、乗合馬車の宣伝をすることにした。

ニールに近付き、鼻筋を優しく撫《な》で、首を軽く叩く。

嬉しそうに頬《ほほ》を擦り寄せてくるニール。

待たせたお詫《わ》びに、小袋から取り出した黒糖《こくとう》の欠片《かけら》を食べさせる。

デカいのに人懐《ひとなつ》っこいニールの行動に、あちこちから驚きの声が上がる。

さらに注目が集まったところで、大声で宣伝してみた。

「この魔獣、スレイプニルのニールが馬車を引く乗合馬車が、三日後に南の王都に向けて出発する！　料金は一日一人あたり千五百テル、定員は十名まで！　南への移動を考えている方は、ぜひご利用ください！」

言い終わると、なぜか拍手されてしまった。

調子に乗った俺は、物怖《ものお》じせずニールを近くで見ていた少年に声を掛ける。

「ニールが怖くないなら、乗ってみるか？」

「いいの？」

「ああ。ヨイショッと！」

少年を抱え、ニールの背中に乗せてやる。

すると、目をキラキラさせてはしゃぎだす。

「デカい～！　高い～！　すごい～！」

そんな少年を微笑《ほほえ》ましく見守る俺。

その時、ちょうど冒険者ギルドから出てきたボウモアと目が合う。

「お主《ぬし》も丸くなったのう～、ガハハハハ～～～」

そう言われ、笑われてしまった。

恥ずかしい～～～。

◆

冒険者ギルド前で宣伝をした後、俺は街の酒場に向かう。

運輸ギルドから、乗合馬車の馭者が集まる酒場を紹介されていたんだ。

その酒場でいろんな話を聞かせてもらった。

魔獣や魔物、盗賊の出現情報、休憩や野営ができる場所、村や町の特産や、お勧めの宿など……

馭者は商売敵《しょうばいがたき》というよりも、仲間同士という意識が強いらしい。

ガツガツした奴は貨物馬車の仕事をすることが多く、若い奴らはそっちで金を稼ぐそうだ。

確かに酒場を見渡しても、俺より若い奴は見かけなかった。

世話焼きな先輩たちと交流をしていたら、同じく従魔を相棒にする馭者を紹介された。

その人の従魔はホーンバイソン。大型の牛の魔獣で、荷台を連結して三台も引くパワーを持つらしい。

ちなみにこうやって従魔を相棒にする者は、この世界では『従魔師』と言われている。

ホーンバイソンの馭者は、以前は貨物馬車で仕事をしていたが、十年ぐらい前に乗合馬車（牛車？）に変えたそうだ。

王都のはるか南にある侯爵《こうしゃく》領の領都出身で、今でも拠点はそこだという。

侯爵領の領都にはホーンバイソンの馭者の妻と息子夫婦が住んでいて、年に数回ほど帰るらしい。

話が進むうちに、従魔にまつわる問題も教えてもらった。

それは貴族や豪商が、見栄を張るために従魔師を雇い入れるというものだ。

しかしのちのち従魔は、魔獣だからと使い潰されることが多いらしい。もちろん、すべてではないらしいが……

ホーンバイソンの馭者も心のない貴族によってそんなトラブルに巻き込まれそうになったが、侯爵家に助けられたそうだ。そして今も、その庇護下にあるという。

なるほど、それは要注意だ。

ホーンバイソンの馭者からは「面倒が起こる前に、まともな有力貴族の庇護下に入るように」と注意された。

なんとも面倒臭いな。だがまあ、商売とはそういうものなんだろう。

そう考えていると、顔に出ていたのか、ホーンバイソンの馭者から心配された。

彼はその場で羊皮紙《ようひし》を取り出す。そしてスラスラと何かを書いてから、羊皮紙を丸めて封をし、俺に渡してきた。

封を開けるなとのことなので、内容はなんだか分からないが受け取り、アイテムバッグにしまう。

するとホーンバイソンの馭者が語り始めた。

「王都に着いたら、運輸ギルド本部でこれを渡せ。必ず君の助けになるはずだ……まあ、先輩からのお節介だと思ってくれ」

そう俺に伝えた後、ホーンバイソンの馭者は「明朝出発だからこの辺で」と酒場から去っていった。

残った酒や料理を平らげた後、俺も宿に帰った。

◆

翌日は、冒険者時代から馴染《なじ》みの道具屋に行った。

顔を出すと店主に驚かれ、暇な時間帯だったのでなんだかんだと話し込んでしまった。

冒険者引退を考えていて従魔で乗合馬車を始めたことを話すと、かなり喜ばれた。

新しい仕事を始めた祝儀《しゅうぎ》だと言われ、会計が半額になってしまった……だが、ありがたく受け入れておこう。

「必ずいい土産《みやげ》を持ってくるからな」

俺がそう口にしたら、店主が鼻で笑って言う。

「ふん……期待しないで待ってるぞ」

道具屋を後にして、今度は馬車屋に行く。

予備の車軸と車輪二つを購入した。

その次は、市場で食材を買い集める。

買ったものはすべて、アイテムバッグに収納する。

本当に助かるアイテムだ。

しかし、一つだけ欠点がある。

それは、検問《けんもん》。

アイテムバッグの持ち主は、各ギルドに登録されている。

持ち主は町に入ったり、国を越えて移動したりする際、アイテムバッグ持ちだと申告する必要がある。

そして『真偽の水晶』というマジックアイテムに触れながら、尋問を受けなければならない。

真偽の水晶は相手の嘘を見抜くアイテム。これに触れて質問に答えると、こちらが考えていることが筒抜けになるのだ。

この検問は、密輸を防いだり、非合法なものを持ち込ませたりしないためのものだから仕方がない。だが、取り調べの時間が長い……とても長いのだ……

ちなみに申告しないと、奴隷《どれい》にされて鉱山行き。俺は帰ってきた奴を見たことがない。

こうしていろいろと買い集め、最後に馴染みの鍛冶屋に寄る。

護身用で身につけている、ショートソードとダガーを研《と》ぎに出すためだ。

鞘《さや》ごと二本を料金と一緒にカウンターに置いて、一言。

「研ぎだ……」

すると親父さんは鞘から抜いて、刃の状態を確認して一言。

「明朝だ……」

その一言に頷《うなず》き、俺は鍛冶屋を出た。

……しかし、あの親父さんは本当に昔から口数が少ないな。

腕は一流だが、客と話すのが苦手らしい。

しかも無茶な要望が多い客は、キレて殴り飛ばす。

俺が若い頃、身の丈《たけ》に合わない注文をあれこれつけていたブロンズランカーを、親父さんが一撃で気絶させたのを見た。

それ以来、俺はなるべく少ない言葉で話すことを心がけている。

ちなみに、親父さんはそのブロンズランカーに対して悪いことをしたと反省したらしい。殴った翌日、新しい槍《やり》を無料で渡したようだ。詫びの証だとか。

ブロンズランカーはもらった槍を使い、その性能に驚愕したらしい。

そして、依頼達成数が飛躍的に上がったそうだ。

◆

そろそろ日が暮れ始めたので、募集していた護衛を面接するため、冒険者ギルドに向かった。

再び依頼受付に行くと、昨日担当してくれた青年ショウ君が待っていてくれた。

面接希望のパーティーは三組。

早速、冒険者ギルドで面接をする。

もう二階の会議室で待っているらしいので、早足でショウ君と一緒に向かった。

ノックをして会議室に入ると、長机を挟んだ奥に、応募者たちがパーティーごとに固まって並んで立っていた。

一番目のパーティーは、男四人組。

二番目のパーティーは、男女二名ずつの四人組。

三番目のパーティーは、男性二人と女性一人の三人組。

しかし、なぜみんな直立不動なんだ？

すると、右側奥の死角から声を掛けられた。

「よっ！　元気そうだな」

「レオンの兄貴……じゃなく、ギルマス！」

気配を消されてて気付かなかった。

ボウモアと同じく昔の冒険者仲間であり、今はこの町の冒険者ギルドマスターをやってるレオンの兄貴が、久しぶりに俺の顔を見に来たらしい。

だけど、お節介というか……ギルマスがいるせいで、アイアンランカーたちが緊張でガチガチじゃねぇか……

クソ、これから面接だっていうのに。

まあ、一番目のパーティーは駄目だな。汚いし落ち着きもない。

メンツは重戦士二人、双剣士と魔法使いがそれぞれ一人ずつ。

討伐なら分かるが、護衛でこの編制は重装備すぎる。馬車についてこれないぞ。

二番目も……駄目だこりゃ、話にならん。

カップル二組のパーティーって……

編制も男二人が戦士でどちらも槍使い、女二人がレンジャーとかバランス悪い。

あっ！　なんでカップルって分かったかというと、ギルマスが怖いのか、緊張からなのか、手を繋《つな》いでるんだよなぁ～。

となると、三番目のパーティーで決まりか。

編制は男二人が戦士とレンジャーで、女が魔法使いか。バランスもいいし清潔感もある。

俺が入ってきた時に目礼してきたことから、多少の礼儀もわきまえてるらしい。

うん！　いいな！　彼らに決まりだ。

それから、各パーティーのリーダーを呼んで話をした。

一人目には……

「依頼に合った装備をしろ。依頼主に会う前には身だしなみを整えろ。簡単な礼儀と言葉遣いをギルド職員に教えてもらえ。実力はありそうなんだから依頼を受けられるよう努力をしろ。相手は魔獣や魔物じゃないぞ、人なんだ」

二人目には……

「そんな感じで仕事してるとすぐに死ぬぞ」

三人目には……

「よろしくお願いします」

なぜ冒険者の先輩じゃなく依頼主って立場の俺が、こんな話までしなきゃならん。

面接する前に、ショウ君も助言や注意をしてくれ。

あれ？　ショウ君がいない……ギルマスがいたから逃げたか？

ちなみに、一人目はとても素直に話を聞いてくれた。

どうやら馬車の護衛なのに、装備の重さのせいで馬車の速さについていけなかったらしい。今回の面接も三回目の落選だそうだ。

そりゃ、討伐依頼達成後にそのままの装備で来たら落ちるだろう。

次回までに改善していれば次は頼むと言ったら、やる気になっていた。

二人目には少し殺気を出して本気で言った。

すると顔を青くして、すぐに部屋から出ていったな。

部屋に残った三人目のリーダーと、さらに少し話をして握手をし、そのまま一階の酒場で食事がてら打ち合わせをしようと誘った。

もちろん、料金は俺持ちだ。


酒場のテーブルにつくと、早速適当に注文して乾杯する。

そして、料理が来るまでに自己紹介と打ち合わせを済ます。

魔法使いで、小柄なそばかすの少女がアン。

リーダーの痩せた革鎧《かわよろい》のレンジャーがドウ。

痩せマッチョで片手剣使いの戦士がトロワ。

この依頼が無事達成できれば、冒険者ランクアップ試験を受けられるらしい。

彼らはなぜか俺がゴールドランカーであることや、ニールのことも知っていたので話は早かった。

あっ、そうか……ボウモアが紹介してくれたのか。

納得した俺は、護衛依頼の内容を彼らに詳しく話していく。

移動中は馭者台に一人、幌上に一人が警備につき、一人は馬車内で休憩する。これを交代で繰り返す。野営は俺も含めて、四人で交代する。

戦闘配置は、前衛がトロワ、遊撃がドウ、後衛援護を幌上からアンが行う。そして背後の警戒を俺とニールが行う。

おそらく三日に一回は村や町に着いて休めそうなので、二日野営して一日宿に泊まるを十回ほど繰り返して移動する予定。

報酬は道中に宿を取った時、過ごした日数分まとめて支払う。

こんな取り決めをして打ち合わせが終わり、テーブルに並べられた料理に手をつけ始めると、予想していた奴らが来た。

ギルマスとボウモアがジョッキ片手に隣のテーブルに座ったんだ。

やっぱりアンたちにこの任務を紹介したのはボウモアらしい。

アンたちが無事に受かったからなのか、ボウモアは誇《ほこ》らしげで自慢げな顔をしている。

俺はその顔を見て……

「お前はこいつらの父親かあ〜！」

と叫んでやったら、奴は照れて赤らめた顔を大ジョッキで隠しながら飲み始めた。

この前、「丸くなった」とからかわれた仕返しだ〜、コノヤロ〜。

その後は少し騒いでおひらきとなった。

ギルマスとボウモアだけでなく、他の顔馴染みにも「お前が乗合馬車を？」とからかわれたが、最後には「「「無事に帰ってこいよ」」」とみんなに送り出してもらった。

たまに揉めるが、気のいい奴らだ。

お互いに命を預けあった仲だしな。

◆

翌日、日の出と共に目が覚めて、準備をして宿を引き払う。

まずは鍛冶屋に研ぎに出した武器を取りに行く。

親父さんから「また……研いでやる……持ってこい……」と言われた。

多くて二言の親父さんが、三言だと！

すかさず俺も言う。

「ああ……その時はまた頼むよ」

驚きを隠しつつ挨拶して、店を出る。

あれは親父さんなりの励ましだったのだろう。ありがたいことだ。

今度はニールと南の門前広場に移動して、一緒に朝飯を食べながら護衛たちとお客を待つ。

広場には先輩の馬車が二台待機している。

会釈《えしゃく》をして挨拶すると、二人とも声を掛けてきた。

「今日からの新人さんかい？　お互いに頑張んべ～」

「それにしてもすごい従魔だなや～！　ここまでの立派な従魔、めったにお目にかからんぞ～」

励ましの言葉に、ニールへのお褒《ほ》めの言葉ももらい、嬉しくてニヤニヤしてしまう。

しかしニールは我関せずで、食事に夢中……

お前が褒められてんだぞ！

二人の馬車は馬の一頭引き。馬は葦毛《あしげ》と栗毛《くりげ》。

どちらも年寄りらしいが、それを感じさせない綺麗でたくましい馬だった。

そのことを先輩二人に伝えると、嬉しそうに微笑んだ。

その時、突然ニールが鼻頭で俺の後頭部を小突く。

「！！！　なんだよニール？」

驚いて振り返ると、ニールと目が合う。

ニール、なんか怒ってる？

「嫉妬《しっと》じゃよ、嫉妬♪　ハハハハハ～」

先輩二人が声を揃えて笑った。

そうか、嫉妬か！

ニールの行動をかわいく思い、俺も笑ってしまった。

「ニール、お前が一番力強いし格好良いぞ。ハハハ……」

そう声を掛けながら、ブラッシングしてやる。

「ブルルル（当然）」

ニールはそう鳴き、また食事をし始めた。

「相思相愛じゃのう～」

「大事なことじゃて～」

俺たちのやり取りを見て、そんな風に小声で話してる先輩二人……

恥ずかしい～～～。


先輩お二人と離れ、俺が朝飯を済ませた頃、馬車の前に運輸ギルドの職員が来ていた。

「おはようございます、新人さん。こちらが予約表です」

「はい、ありがとうございます」

挨拶を交わした後、俺は予約客の名簿を渡される。

乗合馬車の客には、予約客と飛び込み客の二通りがいる。

予約客は、目的地と出発日を運輸ギルドに伝えて予約し、ギルドがそれらの予約を乗合馬車に割り振る。

ギルドに予約料と乗車料金を払うので少し割高だが、予約すれば必ず乗れる。

予約客はギルドに予約料として、一人五十テルを支払う。この利益によって、運輸ギルド登録者の免税が行われているらしい。

飛び込み客は、空きがあるなら乗れる。

予約料はなく、馭者との直接交渉で安くなることもある。だが、必ず乗れる保証はないのがデメリットだ。

値下げ交渉を受ける馭者は、少し料金を安くしても空きを埋めたい奴、行商人の品物払い目当ての奴、移動する冒険者に護衛を兼ねてもらいたい奴、などなど……

話が逸《そ》れた。

俺の予約表には、レイさんという三人家族、シデンさんという四人家族、コバさんという行商人二人の一行の、計九名が予約客が載っていた。

俺の馬車には一名分の当日席ができたわけだが、空席の募集をする前に、予約客が全員来るか確かめないとな。予約は当日キャンセルもあるから。

ちなみに、事情により考慮されるものの、頻繁にキャンセルすると予約できなくなるらしい。

予約表に目を通し終わり、折りたたんで懐にしまう。

その時、護衛パーティーの三人組が来た。

まずは彼らにニールを紹介する。

「こっ、これがスレイプニル！！！」

「デッ……デカいな…………」

「わぁ〜、綺麗な毛並み〜。ニール、よろしくね〜」

ドウとトロワは驚くが、アンは気にせず撫でていた。

一番度胸があるのはアンかもな。

三人には馬車の側《そば》で待機してもらい、予約客を待つ。

それらしい人たちが来たから声を掛けていくと、すぐに全員が集まった。

客たちもスレイプニルの馬車が目印だと、ギルドで言われていたそうだ。

道理で他の馬車二台には目もくれず、まっすぐこちらに来てくれたわけだ。

お客と挨拶を交わし、座ってもらう座席の位置を振り分ける。

座席は馬車の進行方向に対して垂直に二列あり、客同士が向かい合って座る形だ。

行商人のコバさん（ずいぶん育ったお腹の持ち主）一行は、座席の一番奥に、左右一人ずつ分かれて座ってもらう。

右側の座席にシデンさん四人家族に座ってもらう。座席の奥から奥さん、お子さん二人（坊っちゃんと嬢ちゃん）と座り、一番出口側が旦那さんだ。

左側の座席にレイさん三人家族に座ってもらう。こちらも奥から奥さん、息子さん、旦那さんという順番。

馬車は十人乗りなので空きが一席あるが、今回は護衛が休憩する時に使おう。

ちなみに空きがない時は、護衛は床に座り、馬車の外へ足を投げ出して休む感じだ。

馬車はルールにより右側通行する。だから万が一、反対の車線（？）から来る盗賊の馬車とすれ違った場合に対応できるよう、護衛は馭者の左側に座らせる。

襲われても、馭者である俺が馬の操縦を維持できるようにだ。

周囲の状況は幌上の護衛と馭者が警戒するようにし、何かあれば遠距離攻撃（弓や攻撃魔法）をし、速度を上げて振りきろうと思う。

そうこうしているうちにみんなが乗車したので、ニールに金具をつけ馬車に接続する。

馭者台に俺とアン、幌上にドウが配置につき、トロワは馬車内に待機してもらう。

準備が整ったので俺は手綱を握り、声を上げる。

「それでは南行き、王都までの乗合馬車出発しま～す」

ニールに合図を出すと、馬車が進み始めた。

徐々にスピードが上がり、人が走る速度にまで達する。

南門を潜《くぐ》り抜けた後、もう少しだけ速度を上げる。

走るのが気持ちよさそうなニールが楽しそうに鳴いた。

これが俺の第二の人生の始まりか……

「改めてよろしくな、ニール。頼りにしてるぞ」

そう言うと、ニールが鳴き声を上げる。

「ヒヒーン、ブルル♪（こちらこそ、主《あるじ》♪）」

2話　野営

北の辺境伯領都を出発して、南の王都を目指す初仕事。天気もよく気持ちがいい。

馬車は順調に進んでいき、護衛の三人もちゃんと周囲を警戒している。

馬車の中では乗客たちが他愛もない話をして、お互いに親睦《しんぼく》を深めていた。

走っていくうちに夕方になり、ちょうど野営できる丘の上の広場に着いた。大きな木が一本そびえ立っているのが目印だ。

「今日はここで野営にします」

馬車を停め、みんなに伝える。

乗客たちは馬車を降り、野営の準備を始めた。

冒険者たち三人は、二人が周囲の見まわりに出て、一人が護衛に残る。

アンは残って、乗客たちの食事の準備を手伝うようだ。魔法で火種や水を出してあげている。

俺はみんなに声を掛ける。

「皆さん、私は少しニールを走らせてきます」

「「はい？」」


まあ、そりゃ驚くよな。夜は馬を休ませるのが普通だ。

でも、ニールはまだまだ元気なんだ。

元気すぎるとも言えるが……

何せ中古の馬車が壊れないよう、スピードを調整して走らせているくらいだ。

そのせいか、ストレスが溜まっていてご機嫌《きげん》斜めなんだよな。

ニールは優しく賢い奴だから我慢してるが、その分発散させてやらないと。

というわけで、周囲の警戒も兼ね、ニールを走らせに行く。

アイテムバッグから鞍《くら》と鐙《あぶみ》を出して、ニールに跨《また》がる。

走るコースは、ここから半径一キロくらいの距離を三周すればいいだろう。

スレイプニルは中級上位の魔獣。その匂いと存在感で、下級の魔獣や魔物はめったに近付かない。

もし近付いてきても踏み潰されるか、噛まれて放り投げられて終わりだ。


「ここから見える範囲で走りますし、日が沈む前には戻りますのでご心配なく」

「「はぁ……」」


みんなにそう伝え、ニールの遠乗りの了承をもらったので、ニールの腹を軽く蹴《け》って合図を出す。

するとニールは前足を上げていななき、力強く走り始めた。

みるみるスピードは上がっていき、嬉しそうな顔をしている。

気持ちよく二周した後、俺は自分に身体強化魔法を掛け、ニールに声を掛けた。

「最後の一周は全力で走っていいぞ、ニール」

すると、ニールが顔を左に向け、俺と目を合わせる。

「え！　いいの？　大丈夫？」とでも言いたげな表情だ。

俺は体勢を低くし、鞍から尻を浮かせて手綱を緩め、しっかりと前傾姿勢で鬣《たてがみ》にしがみついた。

すると……

「ヒッヒヒーン（いっくよー）」

ニールが軽くいななくと、突然ドンッという後ろ足で地面を蹴る音がしてスピードが上がる。

それまでも並の馬より速かったのだが、その比ではない。

風圧がすごく、必死で目を開けていると、さきほどの倍の速さで景色が流れる。

そしてあっという間に三周目が終わり、俺は身体強化を解いた。

ニールはとてもご満悦《まんえつ》な表情をしている。

うん、うまく走らせられたようでよかった。

最初に乗った時は、危なく振り落とされるところだったんだよな。それから他の冒険者に乗り方を教わって、未熟な分は身体強化で補った。

ニールもだいぶ気持ちよく走れるようになったはずだと思いたい。

俺も、少しは様になってればいいな。

さらにしばらく走ってから、野営地に戻る。

見まわりに出ていた護衛二人も戻っていて、みんなそれぞれテントを張り終わり、食事の準備をしているところだった。

「すみません、ただ今戻りました」

挨拶すると、皆さんニールの走る姿を見ていたのかすごく驚かれ、褒められた。

子供たちは……

「「「速い！　すごく速い！　格好良い！」」」

と、とてもはしゃいでいたし……

「すごい従魔ですね」

と、大人たちや護衛たちからも褒められ、気恥ずかしい気持ちになった。

走らせた事情などを話していると、後ろからニールに小突かれた。

「ごめんな、すぐに準備するよ」

俺もニールの食事の準備に取りかかる。

草に穀物《こくもつ》に動物の骨の粉末に、乱切りした野菜や果物、そして魔石《ませき》の粉を混ぜて桶に入れる。

さらに岩塩の塊《かたまり》を用意し、もう一つの桶には水を入れてやる。

「お待たせ、ニール」

ニールは俺に顔を擦り寄せてきた後、すごい勢いで夢中で食べ始めた。

俺も食事にしよう。

といっても、今日はできあいの料理をアイテムバッグから出して食べるだけ。

街で買ったパンに屋台の串焼きとスープ。

アイテムバッグの中に入れておくと、温度は温かいままだ。細かい仕組みは知らんがありがたい。

すぐに食べ終わって護衛の冒険者たちに合流する。見張りの打ち合わせをするためだ。

しかし、すぐにそれができなかった。

彼らは彼らで食事の準備をしていたので、それを食べ終わってから話に移りたいと思ったのだ。

ところがこの食事の準備が遅い、遅いのだ……

たぶん、日頃料理などしないのだろう。手慣れていないのがよく分かる。

見かねた俺は、手伝いを申し出た。

「あ～、その～、なんだ～……俺でよければ、簡単な料理を教えるが？」

「「お願いします」」

アンとトロワが即答してきた。

うん……まあ、素直だな。

リーダーのドウは「依頼主に料理をさせるなんて申し訳ない！」と言っていたが、気にするなと答えた。

ところで、なんでこんなに支度に時間が掛かっていたのかだが、今回の護衛で料理を覚えろとボウモアに言われていたらしい。

ちなみに、今までは干し肉とパンと水で済ませていたそうだ。

そして今回、本格的な料理に挑戦しようとしたところ、うまくいかずに困っていたと……

というわけで、俺は本当に簡単な料理の手ほどきをすることに決める。

水を張った鍋に、麻布を使ってしっかりと洗った野菜をぶつ切りにしてぶち込む。同じく干し肉もぶち込む。

次は即席竈《かまど》に火をつけ、鍋の中身を煮込む。この時一緒に、パンを竈の近くで温める。

野菜の皮剥《かわむ》きもせず、味つけも干し肉の塩味で大丈夫。保存食用のパンも温めれば味が少しはマシになる。

一番硬い野菜に火が通れば終わり、という本当に簡単な野営飯だ。俺が彼らと同じアイアンランカーの頃、先輩冒険者に教えてもらった。

こんな具合で、初心者はまず初心者向けの料理を作ればいいんだ。

おおかた、乗客の奥さん二人が手慣れた感じで手の込んだ料理を作っていたので、それを見て自分たちもできるとでも思ったのだろう。

「背伸びをしてはいけないぞ、料理でも依頼でも戦闘でもだ。命に関わることは一歩ずつ」

そう伝えたが、少し説教臭《くさ》かったかな。

だが、この三人組はいいチームだからな。長生きして成功してほしいと思うと、ついお節介をしてしまう。

この料理が作れるようになったら、新しい料理を教えてやると言ったら喜んでいたよ。

スープを煮込んでいる間に、見張りの順番を決める。

といっても三人は食事がまだだから、食べながらついでに見張りをすればよさそうだ。なので、俺が最後になることにした。

またも恐縮する三人をなだめ、見張りに備えて早めに休ませてもらう。

ニールも食事を終えていたので、水桶と岩塩だけ残して餌《えさ》桶は水魔法で洗ってしまった。

アイテムバッグから厚手のマントと毛布を出して、座って休んでいるニールの腹を枕に、俺も一緒に横になった。


少しだけ空が白んだ頃……

「すみません……交代の時間です……」

剣士のトロワに声を掛けられ、目を覚ます。

「ありがとう。十分休めたよ」

「いえ、本当は三人だけで見張りを回さなければいけないのに……」

「気にするな。俺から言いだしたことだし、慣れてきたら三人で回してもらうつもりだからな」

「はい、じゃあ俺は休ませてもらうっす」
「ああ、お疲れさま」
トロワが焚火《たきび》に薪《まき》を足してテントに戻る。
俺は音を出さないように立ち上がって、体を動かしほぐす。
そしてコップに魔法で水を注ぎ、ついでにニールの水桶にも水を補充する。
俺が起きたことでニールも目を開けたが、また目を閉じて休むようだ。
コップを片手に辺りを見まわる。
特に異常もないし気配も感じない。乗客のみんなもちゃんと寝ているようだ。
俺と同じくテントを張らず休む行商人のコバさん一行。
コバさんの寝言には少し笑ってしまったが、しっかり休めているようで何より。
焚火のところに戻り、腰を下ろす。
そして、少しだけ今後のことを考えた。
王都に着いたらどうするか？
そのまま南に行ってみようか？　それとも東か西か？
結局出た答えは、まずは王都まで無事に到着してから考える、だった。
時間も経ち、また辺りを見まわった後、日が昇り始めるとニールが起きてきた。

「おはようニール。よく休めたか？」

「ブルル、ブルルル（主、おはよう）」

挨拶すると返事をしてくる。

よし、時間もあるのでブラッシングをしよう。

アイテムバッグからブラシを取り出すと、ニールは嬉しそうに顔を擦り寄せてきた。

「よしよし、分かった」

ニールをなだめ、ブラッシングを始める。

少し力を入れて、毛並みに沿ってブラシがけする。

とても気持ちよさそうなニールの顔を見て、俺も嬉しくなる。

しかしだらしないぞ、その顔は……

気持ちいいのは分かるが、その緩みきった顔には少し呆れてしまう。

ブラッシングが終わり、鬣と尻尾《しっぽ》を櫛《くし》で整える。

ちょうど朝日がニールに当たり、毛が黒く光って見える。

巨大な体に、引き締まった筋肉に、綺麗に光り輝く毛並み。

うん、今日もうちの子は格好良い！

「ブルルル（えっへん）」

……とでも言いたげに鳴いたニール。

うんうんと頷きながらニールの首を軽く叩いて、食事の準備を始めた。

乗客のみんなも起きだし、テントを片付けたり、朝食の準備をしたりし始める。

まあ食事といっても、昨日の残りに手を加え、温め直すだけだが……

ニールの食事を用意し終わって、俺はまた見まわりをしながら起きてきた乗客たちと朝の挨拶を交わしていく。

みんなは口々に、安心して休めたと言ってくれた。

コバさんにコッソリ寝言を言ってたと伝えたら、恥ずかしそうに笑ってたよ。

「ごめん、もうしません。もうしませんから許してください」ってどんな夢だったんだろうな？

寝言が続くようなら、そのうち夢の内容でも聞いてみるか……

俺はアイテムバッグから朝食を取り出し、食べ始める。

パンに野菜と焼き魚を挟んだサンドイッチ。飲み物は紅茶と軽めだ。

みんなも食事をし、出発の準備が整ったらしいので馬車に乗車してもらう。

全員が乗ったのを確認し、俺は声を上げた。

「それでは出発します」

ニールが鳴き、馬車が走りだす。俺は空を見上げて天気を確認した。

よかった、今日もいい天気だ。

3話　検問

あれから数日進み、六日目の午後に町が見えてきた。

この町は久しぶりだ。冒険者時代にここで魔物が氾濫《はんらん》し、討伐をしたことがあったな。

魔物は駆除を定期的に行わないと、数が増えて氾濫してしまう。だが、ここの領主が警備費用を横領し、駆除していると捏造《ねつぞう》したせいで事件が起きた。

氾濫が起きて横領がばれ、今は領主が代わったらしい。

まあ……平民の俺たちは、領主が誰になろうと暮らしやすければそれでいい。

それからは兵士たちが魔物の駆除をしながら、冒険者ギルドにも討伐依頼を出しているらしいから氾濫は起きていないと、馭者の先輩たちから聞いている。

そんなことを思い出しながら進むと、いつの間にか町の門の前に到着していた。

列はなく、すぐに検問を受けられそうだ。

「検問を受けたいんだが」

「えっ？　あっ！　はい！　こちらです」

「………………」

昔に比べて、町の門兵の数が四人に増えている。それに、ずいぶんと丁寧な言葉遣いだ。

昔は二人しかいなかったし、ひどい時は新人一人だけだった。それに詰め所が酒臭かったなぁ……

当時の兵士たちは、頻繁に冒険者とトラブルになっていたものだ。

入町税を吹っかけてきやがったから、冒険者たちみんなで町に入らず、野営をして問題になったこともあった。

当時はムカついたが、今では笑い話の一つだ。

とはいえ、えらい変わりように驚いてしまい、思わず無言になってしまった。

不審に思われていなければいいが……

あのダサい首飾り（登録証のタグの束）を服から出して、門番の兵士に見せる。

冒険者登録タグにはアイテムバッグ持ちであると記載されており、詰め所に案内された。

以前の長時間の尋問が頭をよぎり、足取りが重い……

詰め所に入ると、役人が一人、椅子に腰かけて待っていた。

俺は役人の向かい側に座る。

そして、テーブルの上にあるマジックアイテム、真偽の水晶に手を置いてぶっきらぼうに言う。

「どうぞ尋問を始めてください。乗客を待たせてるので、なるべく早くお願いできれば……」

今は馭者で、客を待たせている身だからな。あまり時間を取られるわけにいかない。

「申し訳ないですが、これも規則ですので……」

役人が本当に申し訳なさそうに言ってきた。

あれからずいぶんと変わったものだ。

早く終わらせたければ、やれ金を寄こせだの、やれ魔物や魔獣の素材を格安で譲れだの、無理難題を言ってきたのを覚えている俺としては、驚きを隠せない……

するとそれが顔に出ていたらしく、役人が苦笑いしながら言う。

「ハハハ、あなたも驚かれる口ですか。ということは、以前この町に来たことがあるのでしょう。確かにここは前領主の時に、いろいろと問題がありましたからな……」

前領主は金の亡者《もうじゃ》で公費を横領しまくり、警備費も懐に入れていたので兵士の給料も少なかったらしい。

そのため兵士による強請《ゆすり》や賄賂《わいろ》の請求が横行し、町には誰も寄りつかなくなり、さらに税収は減るという悪循環だったそうだ。

善良な兵士や暮らしていけない領民が他領へ移っていき、さらに悪循環は進んだ。

だが、十年前に新領主が来て以降、改善に努めているそうだ。

そうか……あれから十年も経ったのか。月日が経つのは早いものだ。

「無駄話をして申し訳ない。それでは尋問を始める」

役人の口調が改まり、尋問が始まった。

犯罪歴はないか、密輸してないか、非合法なものはないか、一つの品を大量に持ってないか……

などなど、多くの質問にサクサクと答え、すぐに尋問は終わった。

「問題ありません。どうぞ入町してください」

通常だと、掛かる時間はこんなものなのか。

以前あんなに時間が掛かっていたのはなんだったんだろうと、少しだけ悲しくなった。

「ありがとうございます」

役人にお礼を言って立ち上がり、馬車に戻ろうとすると……

「あっ……あの……」

「はい？　なんでしょう？」

役人の後ろ立っていた、腕に赤い布を巻いた兵士に声を掛けられた。

たぶん隊長格だろう。不思議に思っていると……

「ここで起きた魔物の氾濫災害時、あなたに命を救ってもらった新人兵士です。あの時は本当にありがとうございました」

兵士の言葉に驚く俺。

俺だけでなく、詰め所にいた全員が驚いた様子だった。

兵士から詳しい話を聞くと、なんでも彼は氾濫災害に対処している時に負傷して倒れてしまい、
そこへホブゴブリンが丸太を振り下ろしてきたらしい。

その時俺が、丸太ごとホブゴブリンを一刀両断したという。

うん……覚えてない………

混戦の中、何をどうしたかなど詳しく覚えているはずがない。こっちも夢中で戦っていただけだ。

そう伝えようとしたが、兵士のキラキラした目を見ると言えなかった。

俺は空気が読める男だからな。

「立派になったな。俺は冒険者を引退するつもりだが、君は今後も兵士として頑張ってくれ」

当たりさわりのないことを言って右手を差し出すと、兵士は俺の右手を両手で力強く握り、泣いていた。

気まずい……早く終わらせなければ……

左手で兵士の肩を軽く叩いて、手を離してもらう。

結構痛かったなぁ……握力強いよ……

「それでは乗客たちを待たせていますので、私はこれで失礼します」

役人に礼をして、出入口の扉へ向かう。

詰め所にいる全員の視線を背中に感じるんだが……尊敬してるような眼差しが気まずすぎる。

逃げるように馬車に戻り、すぐ客たちに謝罪した。

「お待たせして申し訳ありませんでした」

謝罪した後に、詰め所であったことを全部話した。

みんな、詰め所で何があったのかと心配してるようだったからな。

俺にとっては以前より短い時間になったと感じられたが、客たちには長い尋問だと感じられたようだ。

「へぇ～、そんなことがあったんですかあ～」

「馭者さん、強かったんだね～」

「そうですか……あの時の………」

みんな、俺の話を聞いて納得してくれる。

男性陣は年齢的に、以前ここで起きた魔物の氾濫を知っているようだ。

それから門を潜り、馭者の先輩たちに勧められた宿へと向かった。

日も暮れ始め、町中の店先にはランプや照明魔道具《まどうぐ》がポツポツと灯《とも》っている。

料理や酒の匂いが漂い、賑やかな話し声があちこちから聞こえてくる。

俺はやっと、町に着いたという実感が湧いてきた。

町の大通りを突っきり、南門の近くまで来ると目的の宿があった。

宿の名前はそのまんま、『馭者たちの宿』。馬車を停める場所である馬車小屋と、厩《うまや》が備えられている宿だ。

部屋は少し狭いが掃除はちゃんとされていて、厩は敷《し》き藁《わら》もよく交換されており綺麗だと聞いていた。

駅者は馬車小屋と厩の料金込みで一泊一万テル。普通の客は大人一人五千テル、未成年（十六歳未満）は三千テルと良心的な値段だ。

宿の前に馬車を停め、みんなを降ろす。

六日間の料金を乗客から集め、明日は南門から出発することを伝えた。

それから護衛の冒険者たちを呼ぶ。

「ご苦労さま、明日からもよろしく頼む」

そう言って、いったん報酬を精算して渡す。

「「「ありがとうございます。頑張ります！」」」

護衛の三人からは元気な返事が来た。

リーダーのドウの掌《てのひら》にある報酬の銀貨を、三人ははしゃぎながら見ている。

「ほら、早くしまった方がいいぞ」

注意すると、ドウは慌てて全額をアンに預けた。

そんなやり取りを見て冒険者時代の若い頃を思い出し、懐かしさを感じる。

初めての報酬は嬉しいよなぁ～。

そんなことを思いながら、俺は宿の受付に向かう。

受付を済ませた後は、馬車小屋に馬車を移動し、ニールを厩に連れていく。

「少し狭いが、綺麗だから勘弁してくれよ」

そう声を掛けると、ニールは「ブルルルル〜（仕方ないな〜）」と鳴いて、中に入った。

ニールが新しい藁に横たわり、気持ちよさそうにしているのを見て安心する。

厩にニールの食事を用意した後、俺は宿へ戻った。

宿の部屋を確認した後、今度は運輸ギルドに足を運ぶ。馬車に空席が一つあることと、出発日を申告した。

これは報告するのが義務なので、面倒臭いが仕方ない。

ついでに町の屋台で食事をし、ワインを二杯ひっかける。

そして再び宿に戻り、気持ちよくベッドに横になった。

経費はいろいろかかったものの、俺とニールの食費を引いても結構利益が出た。

悪くないいじゃないか。

これからも乗合馬車を続けていく自信がついた俺は、その安心感に浸《ひた》りながら眠りについた。

◆

翌日、町は濃い朝霧《あさぎり》に包まれていた。

俺はアイテムバッグから出した朝飯を部屋で食べ、宿を出る。

「ニールおはよう。しっかり休めたか？」

「ブルルルル（おはよう、主）」

厩に行ってニールと朝の挨拶を交わし、鼻筋を撫で、軽く首を叩く。

ニールに朝飯を食わせた後は馬車まで移動し、馬具を使ってニールを馬車に接続する。

馬車の状態を点検するが、中古といってもまだまだ大丈夫そうだ。

だがそうはいっても、いつか新品の馬車が欲しいな……などと考えながら、乗客たちを待つ。

その時、運輸ギルドの職員が走ってきた。

「すいませ～ん、待ってくださ～い！　一名様、お願いしま～す！」

息を切らしながら必死に向かってくる職員。

そんな大声だと近所迷惑なんじゃ……

そう思っていると「朝っぱらからうるせぇぞ！」というお叱りの声と共に、空き瓶が飛んできて職員の顔に命中した。

「ぶひゃ！」

職員はオークの断末魔《だんまつま》みたいな声を上げ、鼻血を出しながら倒れる。

だがそれでも起き上がり、必死になって走ってくる。

うん、頑張って痩せような……

「はぁはぁはぁ……急遽一名っ……はぁはぁはぁ……お願いっ……はぁはぁはぁ……します……はぁはぁはぁ……おえ～」

「分かりましたが……大丈夫ですか？」

走りすぎて吐きそうになっている職員に尋ねるが、息切れしすぎて返事はない。

あれ？　そういやこの人、見たことあるな。

運輸ギルドに報告しに行った時、奥の机で書類に囲まれて座っていた偉そうな人だ。

「はぁはぁはぁっ…………はいっ、大丈夫っ、ですっ……はぁはぁはぁっ……こちら、予約表です……はぁはぁはぁ……」

うん、全然大丈夫じゃなさそうだな……

とりあえず、死にそうな顔の運輸ギルド職員から予約表を受け取る。

そこには王都まで向かう女性冒険者がいると書かれていた。なぜか普通書いてあるはずの名前は書いておらず、分からない。

「確かに受け取りました。しかし、なぜそんなに急いで来たんですか？　出発までまだ時間がありますが」

「ああ、実は……」

ようやく息の整った運輸ギルド職員が話し始める。

彼の話によると、昨日の深夜、この町に数台の貨物馬車が到着したそうだ。

しかし問題が起こった。護衛となった冒険者たちの仲間割れだ。

護衛のパーティーのうち、態度の悪いシルバーランクパーティーの男どもが、ソロの女性ゴールドランカーに絡んで、彼女をキレさせたらしい。

女性は最初は我慢していたが、最終的にシルバーランカーたちを全員半殺しにしてしまったそうだ。

それから運輸ギルドに対し、護衛を辞めて王都行きの馬車に乗りたいと訴えてきたらしい。

騒動を知ったこの運輸ギルド職員は、まずは馭者に事情を聞きに行った。

そして冒険者ギルドにクレームを入れ、代わりの護衛を用意させたり、病院送りになったシルバーランカーの男に事情聴取をしたりと走りまわったそうだ。

結果、シルバーランカーたちは二ランク降格でアイアンランカーにされた。装備を含めた持ち物はすべてを没収され、それらを売り払った金が運輸ギルドに迷惑料として徴収されたらしい。

もちろん、ゴールドランカーの女性はお咎《とが》めなし。

そうこうしているうちに、明け方になってやっと事後処理が終わり、予約のために急いで来たとのことだ。

ギルド職員の話を聞き終え、俺は予約を了承した。

すると運輸ギルド職員は、今度は宿で寝ているという女性冒険者を起こしに向かった。

偉い人も大変なんだなぁ、お疲れさまです。

しばらくすると、護衛の三人と、乗客のみんなが宿から出てきた。

馬車に乗り込んだみんなに説明する。

「さきほど乗客が一人追加になりました。ゴールドランカーの冒険者だそうです。その方が来たら出発するので、少々お待ちください」

言い終わった直後、町の中からすごい速さで近付いてくる影に気付く。

影はあっという間に馬車のすぐ前に着き、ピタッと止まる。

その瞬間、影の正体が冒険者の女性であることが分かった。たぶん、彼女がゴールドランカーの女性なんだろう。

そう思っていたら、さらに驚くことがあった。

彼女の顔は、俺のよく知っているものだったんだ。

「リタか？」

「バン!?　久しぶり、あなたが馭者だったなんて！　一体どういう……」

「それについては、道すがら説明するから乗ってくれ」

「……ええ、分かったわ」

しかし、まさかリタだったなんて……

だが、他の乗客たちを待たせているから、馬車の出発を優先しよう。どうせこれから話す時間はいくらでもあるしな。

こうしてリタを乗せ、予定時間より少し遅れて出発した。

だがニールが頑張ってくれたおかげで、昼には目的の休憩地に着くことができた。

俺はニールに水をやる。

その間に乗客たちは花を摘《つ》みに行ったり、強張《こわば》った体をほぐしたりしている。

「バン！　いろいろ聞きたいのだけれど？」

その時、俺の前に誰かが立ちふさがる。

顔を上げると、腰に手を当て、仁王立ちしたリタだった。

なんか知らんが、目つきが怖いんだが？

「ああ、分かってる。言っただろ、道すがらちゃんと話すよ。だから、もしよかったら馭者台の俺の隣に来ないか？」

そんなに急がなくてもいいのにな、と思いながらそう提案すると……

「いいの？」

嬉しそうに言うリタ。

「ああ、手狭になるが座れるぞ」

「あら。じゃあ、そうしようかしら」

そう言いながら、なぜかリタは俺ではなく、護衛のリーダーのドウを見る。

「……あ～、でしたら俺たちは幌上に上がりますので、よかったらお二人で……」

「気が利くじゃない♪」

いやでも、護衛を任せているドウに、場所を譲らせていいのか？

そう思ってリタを注意しようとすると、リタは凄みのある視線でこっちを見る。

なので……やめなさいとは言えなかった。

「ゴールドランカーであるバンさん、リタさんが馭者台にいるなら、問題ないかと……では」

「すまんな、助かる」

「ありがとね」

俺は申し訳なく思いながらもドウに感謝を伝え、リタも軽い感じで礼を言っていた。


休憩を終え、再び馬車を走らせていると……

「ねえ、バン！　冒険者業はどうしたの？　なんで馭者なんてやってるの？　この子は従魔なの？

この仕事は始めてどれくらい？　それから……」

俺はいきなり、リタに質問攻めにされてしまった。

「わ、分かった分かった、話すから！」

「ご、ごめん……」

話しづらいこともあるが、話すといった以上伝えないとな。

そう思い、俺は次のようなことを、順を追ってリタに話していった。

俺は二十五歳の時、ゴールドランカーになった。

その後、多くの依頼をこなしていった。

氾濫災害の対処や、ダンジョン突破や、ソロでの討伐もした。魔獣の巣や魔物の集落の駆除もした。

リタと一緒に突破したダンジョンで手に入れたアイテムバッグには、今でも本当に助けられてる。

でも十年経っても、冒険者としてランクアップすることはできなかった。

ミスリルランカーの壁は高かったなあ……

だがそれでも俺は、腐らずに頑張っていったんだ。

ある日、パーティーを作ると決めた。同じゴールドランカーを集め、上級魔物の討伐という目標を叶えるために。

討伐が成功すれば、ミスリルランカーへのランクアップが見込めるからな。

こうして俺、ボウモア、リタ、それに神官と魔導師《まどうし》を加えた五人のパーティーを作ろうとした。

そのため、実力者をスカウトするためにこのアルール王国中を回り、めぼしい冒険者に声を掛け、やっと見所のある二人の若者を見つけてパーティーに加わってもらったんだ。

若者二人には俺の冒険者の知識を教え、一緒に依頼をこなした。そしてシルバーランクだった二人は、ゴールドにランクアップした。

これでやっとランクアップのための上級討伐に挑戦できる。

そう思った矢先、事件は起きたんだ……

若者二人が、突然行方不明になった。

二人が消えたのに納得いかず、俺は徹底的に調べ、必死に探した。

そしてやっと見つけた時、二人は変わり果てた姿で死んでいたんだ。

さらに調べて分かったのは、二人はその町の冒険者ギルドマスターによって、違法奴隷にされていたこと。

二人は『奴隷の首輪』という絶対服従の魔道具をつけられ、その町の冒険者ギルドで使い潰されてしまったんだ。

怪我をしても回復してもらえず、魔力切れを起こしてもポーションももらえず、さらに食事も休憩もろくに与えられないまま、ひたすら与えられた依頼をこなしていたようだ。

そのうち使いものにならなくなり、スラム地区のボロ小屋で遺体となって発見された。

俺は怒りに任せて冒険者ギルドに乗り込んだ。そしてギルマスと取り巻きの冒険者たちを、全員殺した。

そして、すぐに兵士たちに捕まって……

でもあっという間に釈放されて、外に出るとレオンの兄貴とボウモアとリタがいた。

あの時はレオンの兄貴だけじゃなく、リタもいろいろ動いてくれたんだろう。

その後、レオンの兄貴がギルマスになるって言うから、一緒に北の辺境伯領の領都に行った。

そこで何度か依頼をこなしたが、もう冒険者を続けるのは……

そこで俺は、一度言葉を切った。

「……でもそんな時、討伐依頼の帰りにこのスレイプニルを拾ったんだ」

事件を忘れることはないし、たまに悪夢を見ることもある。

それに、いろいろなことを考えてしまう。

あの二人と一緒にいれば……

もっと警戒を強めておけば……

あの町をすぐに離れていれば……

俺があの二人を誘わなければ……

俺が冒険者にならなければ……

だが過去には戻れないし、結果は変えられない。

残っているのは、二人が死んでしまったという事実だけ。

戦闘をしている最中は少しだけ忘れることができたが、それが終わるとまた頭の片隅に二人のことが浮かぶ。

後悔に押し潰されそうになり、どこかで野垂れ死《のたじ》にするのも悪くないと思っていた。

だから依頼の帰りに、街道じゃなく森を突っきったんだ。

だがそこで俺はニールと出会った。そして、懐かれて……

こんな俺でも必要としてくれる存在と出会い、それからは世話をするのにとても忙しくなって、大変だった。

仔馬のニールは、ずっと俺にくっついてくる。

メシも風呂も寝るのも、常に一緒。

そんな生活が続くうちに、事件について考える時間が少なくなり、悪夢を見る回数も減っていった。

ニールを助けた俺だが、俺もニールに助けられていたんだ。

そんな生活で、少しは前を向くことができたと思う。

「こいつとずっと田舎でのんびり暮らそうと思ってたんだが、こいつがすげ～食うから大変でさ。金を稼ぐ必要ができた。それで一緒にできる仕事をしようと思って、今は乗合馬車をやってるってわけだ」

「そう…………」

俺が話し終わると、リタは一言そう呟《つぶや》いた。

とても静かだ。車輪が動く音しかしない。

馬車の中からも話し声は聞こえず、護衛の冒険者たちも無言のままだ。

隣のリタは俯《うつむ》いて、泣きそうな顔をしている。

「なんか湿っぽくなっちまったな。まあ俺はこんな感じさ。でも今の生活に満足してるんだぜ。ニールと出会ってから、こんな生活も悪くないって思えてさ。ガキの頃から冒険者の生活しか知らなかった俺には新鮮だったよ。だから……まあ、その、心配すんな」

なるべく明るく振る舞い、リタにそう言った。

リタは俺の言葉に顔を上げる。

「うん……分かったわ。バンの新しい人生を応援する」

「ありがとな」

俺は礼を言い、それからは二人で昔話や他愛もない話をした。

「そういえばリタ、絡んできた冒険者たちはどうしたんだ？」

「えっ？　囲まれたから氷魔法で膝《ひざ》から下を凍らせて、風魔法で武器を弾《はじ》いて無力化してから、身体強化魔法で一人ずつボコボコにしていったわ」

笑顔で言われても怖いです、リタさん……

リタはエルフだから、魔法が得意なんだよな。

「それにサカッてたから、最後は急所へ土魔法を撃ち込んでやったわ」

それ言いながらドヤ顔でサムズアップってどうなの？

「まあ、自業自得だな……」

「そうよ、自業自得よ♪」

こんな話が笑いを誘ったみたいで、馬車の中からもクスクスと女性陣の笑い声が漏れてくる。

一応リタのおかげで、雰囲気が明るくなったのか？


しばらくして、今日の野営地に着いた。

街道沿いの開けた平地で、近くに浅い川があり、水の音が心地良い。

「お疲れさまでした。今日はここで野営します」

そう言って馬車を停めると、乗客たちが降りてくる。

「今日は出発が遅れて申し訳ありませんでした。それに町に入る時もお待たせしてしまって。お詫びと言ってはなんですが、今夜の食事は私がご馳走《ちそう》します！」

みんなに向かって、大きな声で伝える。

「「そうなの？　悪いわねぇ～」」

「「「それは楽しみですなぁ～」」」

奥さん二人は楽ができて喜んでいるし、他の乗客たちも楽しみにしてくれてるみたいだな。

護衛三人は、とても素直に頭を下げた。

「「「ゴチになります」」」

「あ～、リタは手伝ってくれ」

「分かってるわ。遅れたのは私のせいでもあるしね」

急に頼んだが、リタは快く引く受けてくれた。

準備を始める前に、俺はニールのところに向かう。

今回は量が多いし時間が掛かる料理なので、ニールに先に食事を与え、一言断っておくことにしたんだ。

「少しだけ待ってくれよ、ニール。料理の準備が終わったら、すぐに走りに行くからさ」

そう伝えると、ニールは軽く右肩を噛んできた。

うん、ご機嫌斜めだな……

「ちょっとだけだから頼むよ。ほらっ」

そう言って小袋から出した黒糖の欠片を見せる。

甘味《かんみ》に釣られたのか、ニールは噛みつくのをやめ……

「ブルルルル（仕方ないなぁ）」

と言うかのように鳴いて、黒糖を食べ始める。

よかった、食べ物で機嫌が直る奴で……

ニールのご機嫌取りが無事終わり、俺は食事の支度に戻る。

まずはリタとアンに指示を出しながら、薪をくべた石窯《いしがま》と、大きな焚火を用意した。

テントを張り終えた乗客たちもそこに加わり、指示に従って手伝ってくれた。

次に大きな寸胴鍋《ずんどうなべ》に水魔法で水を張り、魔魚《まぎょ》の塩漬けのぶつ切り、根菜類のぶつ切り、臭み取りのハーブ、トマトの乱切りを入れて石窯の上にかける。

鍋の火加減はリタに任せ、俺は次の料理の準備のために焚火へ移動する。

まずは大きめの薪をナイフで削《けず》って木材を作り、焚火の両側にY字型の台座を組み上げる。

次にマジックバッグから食材を取り出すと、みんなが歓声を上げた。

「「「おお〜〜〜！」」」

俺が出したのは、魔物ハイオークの右足、丸々一本分の肉。

長さ一・五メートル、直径一メートルという、巨大な棍棒《こんぼう》のような肉塊《にくかい》だ。

皮を剥《は》ぎ、特製スパイスを擦り込んで下ごしらえしてある。

これだけで二十人前はあるだろうな。

肉を焼くために、まずは肉塊の切り口から骨を回しながら引っ張り出す。それから骨を抜いてできた空洞に、太い枝を貫通させる。

あとはこの枝を焚火の両側に作った台座に乗っけて、ひたすら回転させながら焼いていく。

そのうち見まわりに行っていたドウとトロワが帰ってきて、交代で焼くのを手伝ってくれた。

子供たちも肉を回したくて仕方がない様子なので、両親と一緒に体験してもらうようドウたちに伝えておく。

寸胴鍋の方は、リタとアンが魔法談義に花を咲かせながら、アクを丁寧にすくって捨ててくれている。

順調そうなので仕上げはみんなに任せ、俺はニールと走りに行くことにした。

今回は偵察も兼ねて、これから進行する方向に向かって先駆けする。

帰りはニールに全速力を出してもらい、すぐに戻った。


野営地に帰ると日が沈み、焚火の明かりが広場を照らしていた。

料理が完成したようで、食欲を刺激する香りが漂っている。

大人たちは涎《よだれ》を拭いながら、肉塊と寸胴鍋に目が釘づけだ。

子供たちは腹を両手で押さえており、待ちきれない様子だ。

できあがったら先に食べててくれと言っておいたんだが、待っててくれたらしい。

ニールから飛び降り、みんなに駆け寄る。

「お待たせしたみたいで申し訳ない。すぐに切り分けるので並んでください」

「「「フォ～～～！」」」

「リタはスープをよそってあげてくれ」

「分かったわ」

「「「イェーーーイ！」」」

みんなは歓声を上げながら、俺とリタの前に並ぶ。

食べる量を聞いて肉塊を切り、皿に盛りつける俺。

寸胴鍋をかき回しながら、スープをよそうリタ。

もしかしたら食堂でも開いて、リタとこんな風に過ごす未来もあったのかと、ふと思ってしまった。

「魔魚のスープ漁師風に、スパイス肉の回し焼き。どうぞ召し上がってください」

みんなで焚火を丸く囲み、俺の言葉を合図に食事をし始める。

俺は食事よりも、乗客たちの会話を聞くのを楽しんだ。

左のレイさん家族は……

「すごい、こんなに肉を食べたことないよ！」

「コラ！　そんなこと言うんじゃありません」

「ははは………」

右のシデンさん家族は……

「すごくおいち～」

「ほらほら、よく噛んで食べな」

「僕、魔魚なんて初めて食べたぁ」

「母ちゃんも初めてだよ、美味《おい》しいね～」

それぞれ、そんなことを言いながら盛り上がっていた。

ドウとトロワは、無言でひたすら口いっぱいに肉を頬張っており、その上でさらに口に肉を詰め込んでいる。

リタとアンは、料理中と同じように魔法談義を続けながら、上品に食事を楽しんでいた。


そして食事が終わった後……

「バンさん、ぜひこのレシピを私に売ってください」

「いやいや、そんな大したものじゃないですから。無料でお教えしますよ」

「いえいえ、無料というわけには。ちゃんと契約書を交わし、料金をお支払いします」

「いやいや、そんな」

「いえいえ、ちゃんとするべきです」

「いやいや……」

「いえいえ……」

俺は行商人のコバさんと、こんな不毛なやり取りを続けていた。

埒《らち》が明かないので、コバさんに提案する。

「それじゃコバさん、珍しくて度数が高くて美味《うま》い酒を、一本用意してもらえませんか？　友人への土産にしたいと思ってまして、それが報酬ということでどうでしょう」

「おお！　そうですか。もしかして相手はドワーフの方ですか？」

「察しがいいですね。その通りです」

「でしたら、特別な一本がございます」

「本当ですか？」

「はい、え〜と、う〜ん、こっちか〜？」

コバさんは唸っていたが、しばらくして自分の隣に置いていた荷物から、一本の瓶を取り出した。

「あった！　こちらです。東の公爵《こうしゃく》領のお酒で、最上級の代物ですよ」

瓶は上質な布地に包まれていて、いかにも高そうだ。

コバさんが布をほどくと、緑色の透き通った瓶が姿を現す。

「こんなに高そうなものを、報酬としていただけるんですか？」

「ええ！　こちらもバンさんに無理を言っているのは承知しております。そのための誠意と思っていただければ。ふぉふぉふぉ」

「ちなみに、お値段は？」

「秘密ですよ。ですが、仕入れ値で十万テルとだけお伝えしておきます」

「仕入れ値が十万テル!?」

「はい。こちらでいかがでしょうか？」

「本当にいいんですか？」

「はい。食事のお礼も含まれていると思っていただければ」

「ありがとうございます」

「こちらこそ」

俺とコバさんは、商談の成立を握手で誓《ちか》った。

思わぬところでボウモアへの土産が手に入ったな。

しかし、瓶一本で仕入れ値が十万テルかよ。王都や大都市で、オークションにかけたらいくらになるんだ？

冒険者時代に現地で教えてもらった料理に、こんなに価値があったなんてな。

俺は羊皮紙に二つの料理のレシピと、レシピのアレンジ方法を書き、コバさんに渡す。

「こちらです。お確かめください」

「ありがとうございます、ふむふむ、なるほど……」

レシピを受け取り、早速読み始めるコバさん。

その後、俺はコバさんからいろいろ尋ねられ、俺の回答をコバさんがレシピに書き足していった。

レシピを書き終わったところで、コバさんから酒瓶をもらってアイテムバッグにしまう。

俺は見張りとして残り、コバさんは少し離れて睡眠のために横になる。

俺は火を絶やさないよう薪をくべ、周囲の見まわりに出ることにした。

すると、後ろから声を掛けられた。

「馭者さんまで見張りをするの？　護衛に任せればいいのに」

声はリタのものだった。

俺は振り返らずに、後ろからついてくるリタと会話を続けながら見まわりをする。

「次の町に着いたら、その後は彼らに任せるつもりだよ」

「面倒見のいい先輩ね」

「自分のためだ。初仕事で盗賊の被害には遭《あ》いたくないからな」

「そういうことにしといてあげるわ、馭者さん」

リタは俺の照れ隠しと受け取ったかもだが、初仕事で被害に遭いたくないのは本音だ。

どんな時だって被害には遭いたくないのは当然だが、初めての旅でトラブルなんて、幸先《さいさき》が悪いのは勘弁してほしいからな。

次の町を通過したら、盗賊の被害報告はかなり少なくなる。もしどこかの盗賊に目をつけられていたら、相手にとって今日が最後の機会になるはずだ。

ここを通過したら、後は護衛三人に任せてもいいだろう。

「念のため、水と風の精霊を召喚《しょうかん》して見張りをお願いしたわ」

「そうか、助かる」

「いつもの習慣のようなものだから、お礼はいいわよ」

そういえば冒険者時代の野営時には、エルフのリタはいつも召喚魔法を使い、精霊に見張りをお願いしていたな。

エルフと精霊は昔から関係の深い存在だからな。

何か異変があれば精霊がリタに教え、リタがみんなを起こすんだ。

そのおかげで不寝《ねず》の番をせずに済み、体力も温存できたし、精神的負担も軽かった。

そんなことを思い出していたら、突然ニールがいななく。

「ヒヒーン（主～）」

ニールの視線の先を、俺も見る。

街道の北の方角に、小さな灯りが横並びに見えていた。

あれは……幸先の悪いやつか？

念のため、リタに確認を取る。

「リタ、あれは……」

「黒ね」

即答するリタ。

残念、あの灯りの群れは盗賊で間違いないようだ。

盗賊の襲撃方法には、いくつかパターンがある。

闇夜に乗じて近付き、相手を皆殺しにしてから荷物を物色する奴ら。乗合馬車や貨物馬車に変装して襲ってくる奴ら。道を塞《ふさ》いで待ち伏せする奴ら……

今回はわざと姿を見せて、自分たちの方が人数が多いことを知らせ、恐怖心を煽《あお》り、心を折った上で襲ってくる奴らみたいだ。

目視できる灯りの数は、十四から十六。

伏兵がいる可能性を考えると、全員で二十人前後といったところだろう。

俺がそう予想していると……

「盗賊の数は、全部で二十。うち四名、街道の南で待ち伏せしているわ」

リタがスラスラと伝えてきた。

そこそこ距離があるのに、こんなにあっさりと布陣が丸分かりとはな。

まったく、精霊って反則だ……

「挟まれたか、分《ぶ》が悪いな」

「え？　なんで？」

「あっ！　確かに」

「俺とリタは護衛じゃないだろ？」

あくまでも護衛はアイアンランカーの三人であり、俺とリタは馭者と乗客だからな。

俺たちが勝手に対応したら、三人のメンツが潰れてしまう。どう対応するかについては、まず彼らの考えを聞いた方がいいだろう。

「リタ、いったん戻るぞ」

「ええ……」

「ニール」

「ヒヒーン（うん）」


リタとニールと一緒に野営地に戻り、大人たちを起こす。

女性には寝ている子供たちをそのまま抱き上げてもらい、馬車を盾に固まって隠れてもらった。

その馬車の前で俺、ニール、護衛の三人、リタが、盗賊を待ち構えるよう横並びになる。

「で……ドウ、どうする？」

俺が聞くと、しばらく考えた後、ドウが答える。

「……夜道で危険ですが、全員で馬車に乗って先を急ぐのがいいかと。ただ数としてはこちらが不利なので、待ち伏せも考慮しながら馬車にパーティーメンバーを配置し、街道を南に全速力で駆け抜けるつもりです。それが一番生存率が高い方法でしょう」

そう、それが正解だ。逃げるのが一番。

戦闘になれば多勢に無勢。攻める側より守る側がきつい。

「分かった。優先順位が正しいし妥当な対処だ。俺も賛同する」

「はい。ありがとうございます」

「だが……申し訳ないが今回は我儘《わがまま》を言わせてもらう」

「「「？？？」」」

急な俺の発言に、護衛三人が首を傾げる。

「リタ、乗客のみんなを頼めるか？」

「は～い、いってらっしゃ～い」

「「「えっ？　えっ？」」」

「三人も、リタと一緒に乗客の護衛を頼む！」

事態が呑《の》み込めてない様子の護衛三人に声を掛け、俺はニールの側に行く。

剣士のトロワが、俺におそるおそる尋ねてきた。

「あの、バンさんはどうするつもりっすか？」

「ニールと突っ込んで、盗賊の頭目《とうもく》と話をつけてくる」

「ええ～～～!?」

「頭目は列の一番後ろの奴よ。見つからないよう灯りを消してるわ」

「分かった」

驚いているトロワをスルーし、リタから教えてもらった頭目の位置を頭に入れておく。

「よし。ニール、頼むぞ」

「ブルル（は～い）」

ニールの目を見て声を掛けると、ニールはやる気に満ちた鳴き声を上げる。

さっきは護衛のみんなのメンツを潰すことになるとか言ったが、結局相手を倒せるなら、倒すのが一番安全だからな。みんなには、後で謝っておこう。

俺はアイテムバッグにしまっていた、昔の愛用の武器である大剣を取り出した。

ニールに跨り、自分に身体強化魔法を掛け、ニールの脇腹を踵《かかと》で軽く蹴る。

「ハッ」

「ヒヒーン！（いくよ〜！）」

ニールがいななき、灯りの群れの中央を目指す。

徐々に灯りが近付き、俺は黒い大剣を抜き、前傾姿勢で加速する。

そして列に突っ込み、大剣を左右に振りながら進む。

「ぐぁっ」

「ぎゃぁっ」

二人分の手応えを感じながらも、ニールのスピードは緩めず、その奥の暗闇にある気配へと突き進む。

身体強化で視力を上げて気配に近付くと、斧《おの》を片手に驚いた表情を浮かべる汚い大男がいた。

大男がこちらに気付き斧を振り上げるが、俺も大剣を構えたまま全速力で横を通過する。

「ふぇ？」

何が起きたか分からない様子の大男。

ニールに踵《きびす》を返させ、大男のところに引き返す。

「ブルル（じゃま）」

仁王立ちの大男をニールが蹴ると、倒れた拍子に大男の胴から首が離れて転がる。

その首を剣先で刺して掲《かか》げ、俺は辺りに響く大声で叫んだ。

「盗賊ども、頭《かしら》の首は討ち取ったぞ！　まだ襲う気なら容赦はしない！」

トロワには話をつけると言ったが、盗賊との会話なんて武力で語る以外何がある？

俺が叫ぶと、盗賊たちは散り散りになりながら逃走した。

盗賊たちの気配が完全に消えた頃、俺は大剣を首ごとバッグにしまい、倒した盗賊の死体も回収する。

しまい終えてから警戒を緩めた。

身体強化の魔法を解除して、みんなのところに戻ろう。

「ありがとうな、ニール」

「ヒヒーン、ブルル♪（つよーい、主♪）」

ニールを労《ねぎら》うために、乗馬しながら鬣を撫でて首を軽く叩くと、ニールは嬉しげな反応を返した。

「ニール、悪いがすぐ戻れるか？」

俺が聞くとニールは得意げに「ブルル（任せて）」と鳴いて、余裕の表情で早足で野営地に戻った。

野営地に着き、リタに聞く。

「リタ、街道の南側の伏兵はどうなった？」

「もういないわ。一緒に逃げていったわよ」

「そうか、ありがとな」

「うん。それと、乗客たちにはバンがいなくなったすぐ後、眠りの魔法を掛けといたわよ」

「まさか、勝手に掛けたのか？」

「ちゃ、ちゃんと了承を取ったわよ！」

「そうか。すまない……助かったよ」

「優しい馭者さんのままでいたいものね～」

リタは乗客のみんなに、俺の戦闘を見せないように魔法を掛けてくれたらしい。

リタには世話になりっぱなしだな。

「三人も乗客たちの護衛、ご苦労さま」

「「「はい！」」」

護衛三人にそう声を掛けると、彼らはビシッと姿勢を正し、揃って返事をしてきた。

「今回は本当に申し訳ない。君たちの仕事への越権行為だからな」

そう言って俺は頭を下げた。

依頼主だからといって、好き勝手にしていいわけではない。お互いに侵してはいけない領分がある。

駆者は駆者の、護衛は護衛の、それぞれの仕事をこなす。本来は相手の仕事に手を出すべきではないのだ。

「頭を上げてください」

そうリーダーのドウが俺に言う。

頭を上げて護衛三人の顔を見ると、複雑そうな表情をしていた。

「正直に言って悔しいです。後の二人もそうだと思います。俺たちは護衛として雇われてるのに……でも、バンさんより実力がないのも事実です。だから俺たちは強くなります。順調に昇格してアイアンランカーまで来たので、少し浮かれていたみたいです。上には上がいるということを忘れてました。俺たちはこの悔しさをちゃんと受け止めて、反省してより高みを目指します。だから、気にしないでください」

「「気にしないでくださぃ」」

ドウに続き、アンとトロワが言う。

冒険者は実力がすべて。その実力が命を守ることに繋がる。

そして、実力がない者から命を散らす。

たとえ生き残っても、挫折する者や諦める者たちもいる。そういった者たちは、ランクの現状維持だけを考えて生きていく。

一方、反省し、努力し、さらなる高みを目指す者たちもいる。

彼らは後者みたいだな。

現状を受け止め、それでも先へと進む未来ある冒険者たちだ。

冒険者人生を諦めた俺には、そんな彼らが少しだけ懐かしく、そしてとても眩しく見えた。

「分かった……そんな風に言ってくれてありがとう」

そう礼を述べて、一度ニールのところに足を運んだ。

ニールは寝ていたが、近付くと目を覚まし、俺が近くで寝られるようスペースを空けてくれる。

ニールに寄りかかりながら俺も横になり、深い眠りについた。

◆

バンが疲れて眠りについた後、リタと護衛三人は見張りをしていた。

「バンさんってすごいっすね。流石ゴールドランカーっすよ！」

「自分もここまですごいなんて思ってなかったです」

トロワとドウは、興奮しながら戦闘の感想を話した。

「本人は引退するつもりだから、あまり騒がないであげてね」

「「はい……」」

リタに釘を刺され、しょんぼりする二人。

その直後、目を輝かせてアンが聞く。

「リタお姉様、バンさんとはいつからのお知り合いなんですか？　それに、どんな出会いだったのです？」

アンはリタとバンの関係の方が気になっている様子だ。

ちなみに、アンはリタと魔法談議で仲良くなり、今ではお姉様と呼ぶまでになっている。

「べっ！　別に普通よ！　普通……」

アンの質問に、慌てながらそっぽを向くリタ。

「普通とは？」

「まあ、彼があなたたちぐらいの頃に、お互いよくギルドで見かける感じで……」

「それで？　それで？」

「臨時でパーティー組んで……それからはまあ、いろいろとね」

「そのいろいろとは？」

何かを嗅ぎつけたアンは、リタに詰め寄る。恋の話は乙女の好物なのだ。

「『仲良くなったからって、ずいぶんグイグイいくなぁ……』」

そんなアンに呆れるトロワとドウ。

そのうちリタはアンの圧に負けて、少しずつバンとの思い出を話し始めた。

そんな話で盛り上がりながら、あっという間に時間が過ぎていった。

◆

翌朝、俺は慣れない眩しさで起きた。

すでに日が昇っており、太陽の光が瞼《まぶた》を刺激する。

起きて伸びをして、しっかりと目を覚ます。

その途中で結構強く後ろから押され、よろけた。

ニールかと思い振り返ると、リタだった。

「いつまで寝てるのよ！」

そう言われ、そんなに寝坊したのかと驚く俺。

乗客たちの様子を見ると、朝食を済ませ、テントを片付け終わって談笑しているようだ。

「すまなかった。おはよう、リタ」

「おはようって、早くないわよ……まったく。ニールにはあなたのアイテムバッグから餌を出して食べさせておいたわ。ねぇ～、ニール」

「ブルルルル（ありがとう）」

感謝を伝えるよう鳴きながら、リタに擦り寄るニール。

ニール、いつの間にリタと仲良くなったんだ？

ニールは警戒心が強くて、俺が用意したものしか食べないはずなんだが。

「バンが寝ている間に、精霊を通じて仲良くなったのよ」

「ブルルル～（そうだよ～）」

疑問に思っていたことが顔に出ていたのか、リタがそう言ってきた。

ニールも同意するようにいななく。

「そうか……ありがとな、リタ」

ほんの少しリタに嫉妬しながらも、ニールの世話をしてくれたことに感謝を伝える。

その後、俺も身支度をして、みんなと合流した。

「皆様、おはようございます。お待たせして大変申し訳ない」

まず謝罪をして、急いでニールを馬車に繋げる。

乗客たちや護衛のみんなからは気にするなと言われたが、そういうわけにもいかない。

昨日の盗賊の襲撃については、戦闘のことは省略してなんとか切り抜けたとだけ伝える。

それでも大人たちからは大変感謝された。

「次回乗合馬車で移動する時は、この馬車への指名依頼を運輸ギルドに出す」とまで言ってもらえた。

初仕事でこの結果は上々だと思うが、ほぼニールのおかげである。

みんなが馬車に乗り終わったところで、そんな相棒に合図を出し、進んでくれるように伝えた。

寝坊した分を取り返せるよう、今日も頑張ろう。

「それでは出発しま～す」

こんな感じで、また馬車の旅が始まった。

ところで俺はこの後、野営で見張りをしている時間にドウとトロワを訓練することになった。

二人が遠慮がちながらも真剣に頼んできたので、少しだけならと引き受けたんだ。

それ以来、仕事に支障のない程度に相手をしている。

訓練のある日は、リタが俺の代わりにニールの遠乗りをするようになった。

おかげで、ニールと走るのはリタとの交代制になってしまった……

まあでも、リタもリタで訓練を頼まれているからな。

だから俺にもニールと走る日ができてよかった。

ちなみに、リタが頼まれている訓練は、アンに魔法を教えることだ。

アンは筋がいいようで、どんどんものにしていくから教え甲斐がある、とリタは喜んでいた。

こうして、馬車は順調に王都を目指して進んでいった。

4話　水運の街ロワール

こうして数日が経った頃。

小高い丘を登りきった時に見えた景色に、乗客たちが歓声を上げる。

「「「おお〜〜〜」」」

そこにあったのは、大河ロワール。西から東へと王国を横断する大河だ。

約一キロの川幅に大きく立派な石橋がかかり、水面は日の光にキラキラと輝いている。

河の上には色とりどりの帆を張った船が、数多く見えている。

コバさんがみんなにまるでガイドのように説明する。

「このロワール河は、西の山脈から東の海までを横断する大河です。水運や漁でとても賑わっているのですよ。船は帆の色で所属や目的の見分けがつくようになっています」

「「「へぇ〜〜〜」」」

乗客のみんなは、コバさんの説明に感心して声を上げる。

さらにコバさんが続ける。

「この辺で食卓に出される魚は、ここロワール産の淡水魚が多いんです。とても美味しくて、酒の肴《さかな》にぴったりです」

「「ゴクリ…………」」

コバさんの言葉にいちいちみんなが反応する。

俺やリタは、みんなのリアクションに思わず微笑みながら進む。

あれ？　馬車の進む速度が徐々に上がり始めてるな。

あっ、そうか！　ニールもここに来るのは初めてだったな。

ニールの蹄《ひづめ》の音のリズムが、楽しそうにどんどん早くなっていく。

ロワール河に興味津々の様子だ。早く近くで見たいのだろう。

「ニール？　ちょ……ちょっと待てよ！」

手綱を引きながら声を掛ける。

すると渋々といった感じでニールが振り返った。

「ブルルル……（分かった……）」

不満げに鳴くと、もとの足取りへ戻った。

そんな様子を見て、リタとコバさんがニールと俺に話しかける。

「ニールも興味津々みたいね」

「そうですね。ですがこれだけ聞き分けがいいとは、賢い従魔だ。聞いた話ですと、あの船の帆の色に興奮する従魔もいるらしいです。そんな時は、なだめるのが大変だとか」

へえ、そんなことがあるのか……なら、ちょっと浮かれるくらいかわいいもんだな。

ニールもニールで賢いと褒められて、少し機嫌がよくなったみたいだ。

得意げに胸を張り、尻尾を揺らし始める。

お前も俺に似て単純だな、ハハハ……

こうして進んでいくと、徐々にすれ違う人々や馬車が多くなっていく。

しばらくして石橋の手前に到着し、検問を受けて無事に入街できた。

ロワール河に近いこの街は、同じくロワールという名前だ。石橋から街扱いとなっている。

ちなみに大河の上流と下流には砦《とりで》があり、警備船が待機している。この検問では、そういった入船や出船の管理もしているようだ。

馬車が進む道が石畳になり、ニールの足音も硬いものになる。

今はちゃんと石橋を進んではいるが、まだ気が散っているのがよく分かるな。右を見たり左を見たりと忙しい。

手が空いたら、ニールを河に遊びに連れていくか……

そんなことを考えながら進んでいると、馬車の中から別れの挨拶を交わす声が聞こえてきた。

この商業街ロワールが、レイさん家族とシデンさん家族の目的地なんだ。

レイさんは魔道具職人で、国の研究所のロワール支部に勤めるため。シデンさんは北の辺境伯領の兵士で、ロワールに異動するために馬車を利用したそうだ。

なんでもシデンさんは、国のいろいろな情報を集めるのが仕事らしい。

着いた後で別れの挨拶はしたいが、仕事についてあまり深く聞くのはやめておこう。二人とも話せないことが多そうだからな。

そうこうしているうちに巨大な石橋を渡り終わり、街の北門前に到着した。

正面の一番通りは広く、貨物馬車が数多く往来し、とても忙しそうだ。

店先には活気溢《あふ》れる声が飛びかい、荷物を積んだり降ろしたりする人夫たちの姿がある。

身なりのいい男たちは交渉をしている。商人なのだろう。

ところでロワールは円形に作られた城壁都市で、道も街に沿って円形になっている。

中央の一番通りは大店《おおだな》やギルド支部などが多く、間の二番通りは小売りや個人店、一番外の三番通りは住宅や宿と、デカい街ならではの区分けがされている。

俺は街の外壁に沿って西門に向かう。

ずいぶんと外壁が立派になり、高さも以前の倍になっているのに年月を感じながら……

しばらくして、目的の宿に到着した。

宿の名前は『鐙《あぶみ》の宿』。ここも馭者の先輩たちのお勧めで、馬で移動している旅人や乗合馬車の馭者に人気の宿らしい。西門の外に牧場があり、宿泊中に馬を放牧できるからだ。

少し値は張るが、ここに泊まることに決めた。

馬車を停め、乗客や護衛の料金を精算する。

その後、いよいよ別れの挨拶となった。

ここまでの約一ヶ月の旅で親交を深めたので、別れるのは少し寂しい。

レイさんの息子は一人っ子で、ドウとトロワを兄のように慕《した》っていたし、シデンさんの子供たちはリタとアンによく懐いていたな。

「ドウさん、トロワさん、俺も頑張って鍛えてみるよ」

「ああ、達者でな」

「頑張るっすよ」

レイさんの息子に言われ、ドウとトロワがそれぞれ握手をする。

「やだぁ～、やだぁ～」

「一緒がいい～、一緒がいい～」

リタとアンのローブに縋《すが》りつき、泣きながら駄々をこねるシデンさんの子供たち。

リタは優しく子供たちの頭を撫でている。

アンはまだこういう場面に慣れてないからか、涙目で跪《ひざまず》き、子供たちを抱きしめていた。

まあ、これも経験だ。グスッ……

こうして、レイさんとシデンさんの家族と別れを済ませた後。

残った乗客のリタ、行商人のコバさん一行、それと護衛の三人を呼んで話をした。

「ロワールの街で少し休暇を取りたいんだが、どうだろう？」

馬車の整備に食料の補充と、いろいろ準備があるからな。

何より、少しゆっくり休みたい……

正直に話すと、みんな快く了承してくれた。

コバさん一行は北で仕入れたものを半分ぐらい売り、新しく買いつけを行うのでちょうどいいらしい。

リタも急ぐ旅ではないから、問題ないそうだ。

護衛三人は初めてのロワールの街を観光し、河の水棲《すいせい》魔獣の討伐依頼を受けるようだ。

まあ、そうはいってもあまりゆっくりはしていられない。なので二泊し、三日目の朝に出発すると予定を決める。

すでに夕方なので、みんなには先に宿で休んでもらうことにした。


俺はニールに馬車を引かせたまま、この街の馬車工房に向かう。

馬車を点検に出すためだ。

とはいえ、早めに預けて俺もニールも休みたい……

少し急いで、南門と西門の間にある馬車工房に到着した。

「すいませ～ん。点検をお願いしたいんだが～」

「うるせぇ～。その空いてる三番倉庫に入れてちょっと待ってろ～」

工房には三つの倉庫があり、そのうち二つで職人たちが作業をしている。

作業が行われていない倉庫の入口には、三番と書かれている。ここみたいだな。

三番の倉庫に馬車を入れ、ニールと馬車を連結している金具を外す。

それからニールの手綱を引き、工房の庭へ出て桶を出し、中に水を出してやる。

しばらくすると、ヒューマン族の親方が小さいハンマーを片手に近付いてきた。

「待たせたな。早速見てやろう」

点検を頼むと、馬車の部品などを片眼鏡をつけて覗き込む。

そして軽く車体や車輪などを叩いて唸《うな》った後に、苦笑いで話しかけてきた。

「こりゃ～、きついな。その従魔で引いてるのか？」

「ああ。状態については、はっきり言ってくれて構わないよ」

「修理して、保《も》って一年。そいつが引くとなると三ヶ月ってところかな」

「はぁ～、そうか。だが仕方ないな、修理を頼むよ」

「おう。けど、早めに買い換えることを勧めるぞ。修理には明日一日もらう。料金は一万テルだ」

俺は頷いて金を払い、馬車を引き取るための割符《わりふ》をもらう。

それからニールを連れて宿へ帰る。

宿に着くと、従業員が馬に跨って待っていてくれた。

「旦那、待ってましたよ。急ぎましょう、日が沈んじまう」

これから牧場に案内してくれるみたいだ。

牧場に着いたらそこにニールを置いて、二人乗りで宿まで戻ってくれるらしい。


西門を出て従業員の後をついて走ると、少しして牧場に着いた。

数頭の馬がのんびりしていたり、楽しそうに駆けたりしている。

とてもいい環境のようだ。

「久しぶりの牧場だからな、ゆっくりしてくれよ」

「ヒッヒ〜ン♪（やったぁ〜♪）」

ニールに声を掛けたら、だいぶ喜んでくれているようだ。機嫌のいい鳴き声を上げて興奮している。

ニールも牧場を走り始めたので、俺は厩に行ってニールの食事の準備をする。

準備をしながら、馬車のことを考えた。

今の馬車は、格安で譲ってもらった中古の荷馬車に手を加えたものだ。

寿命と言われても仕方ない。むしろよく保った方だと思う。

なるべく早く馬車を買い換えなければいけないが、新しい馬車はニールのパワーに耐えられるかとか、いろいろと考えないとなぁ～。

そもそもいろいろ考えるといっても、先立つものがなければどうしようもないしな。

最悪、討伐依頼でもこなして金を作るしかないだろう。

ホームにしている北の冒険者ギルド以外で、あまり仕事はしたくないんだが……

ニールに餌をあげてしばらくすると、宿の従業員に声を掛けられる。

「旦那、後ろに乗ってください。宿へ戻りますよ」

「ああ、頼む」

ニールを置いて、宿の馬に二人乗りして宿への道を戻る。

その途中で思い出した。

そういえば、盗賊の討伐について、冒険者ギルドに報告してなかったな。たぶん、倒した盗賊にはそれなりの報奨金がついているだろう。

仕方がないから、明日運輸ギルドへの報告ついでに冒険者ギルドに行くか。

しかし、嫌なんだよなぁ～。周りの奴らにあの二つ名で呼ばれるの。

そんなことを考えていると、宿に到着する。

案内してくれた従業員にチップを渡してから建物に入った。

食事を頼んで食堂で待っていると、後ろからリタが来た。

俺の肩を叩いてから、向かいの席に座る。

「遅かったわね、みんなもう部屋で休んでるわよ。私は今アンちゃんとお風呂に行った帰りよ」

「そうか、おかえり。一杯奢《おご》るよ」

「じゃあ、ご馳走になろうかしら」

リタは風呂に入ってとてもご機嫌のようだ。

水の豊富なこの街の風呂は、蒸し風呂が主流であるこの国では数少ない、湯船に浸《つ》かるタイプの風呂だしな。

気持ちよさそうだ。俺も明日入りに行こう。

「その前に、何か一枚羽織れ。湯冷めするぞ」

「は～い、フフフ♪」

薄着のリタが前にいると、目のやり場に困ってしまうので、そう誤魔化《ごまか》して上着を着てもらった。

俺はこの街の名物、ピラルクーという魚の香草バター焼きに舌鼓《したつづみ》を打ちながら白ワインをあおる。

最高だぁ～。

リタは冷えたエールを注文して、とても美味そうに飲んでいた。

食事が終わると、リタに聞かれる。

「明日はどうするの？」

「ゆっくりしたいが、いろいろ用事がある。まず朝市で買い出しして、運輸ギルドに報告。それから冒険者ギルドへ行って盗賊の首の換金。その後はニールと河へ行く予定だ」

「私はアンちゃんと買い物だけど、その後にギルドに行く予定よ。よかったら一緒に行かない？」

「助かるよ。兄貴のギルド以外は入りづらくてな……」

「だと思った。まあ、言いたい奴には言わせておけばいいのよ。気にしない気にしない♪」

「そういうものか？」

「そういうものよ」

朝に宿の前で待ち合わせする約束をして、リタは部屋へと帰っていった。

俺も、もう休むか……

◆

翌日、夜明け前に起きて部屋で体をほぐす。

久しぶりのベッドは最高だった。

裏庭に出て水浴びしながら、水鏡を見て髭《ひげ》を剃《そ》り、髪を整える。

今度久しぶりに、散髪屋にでも行ってみるかな……

それから宿の受付に伝えて牧場に送ってもらった。

厩に着き、ニールの食事を用意しながら、朝の挨拶をする。

「おはようニール。今日の午後は一緒に河に出かけるぞ。それまでゆっくりしててくれ」

「ブルルル～（楽しみ～）」

ニールはとてもリラックスできているようで何よりだ。

厩務員《きゅうむいん》に挨拶をしてチップを渡すと、あるお願いをされた。

「まだ若い従魔ですが、とても立派で賢いですね。よろしければ、来年か再来年にまたいらしていただけないでしょうか？」

厩務員の話によると、ニールがもう少し育ったらこの牧場の馬に種付けをしてほしいらしい。

従魔は同型の動物との交配は可能だからな……

妊娠してもしなくても手数料がもらえて、俺の宿泊費まで無料になるとのこと。

その時にならなければ分からないが、前向きに考えさせてもらうと答えておいた。

その後で宿へ戻り、朝食を取る。

メニューは麦粥《むぎがゆ》、焼き魚、クロークラブという蟹《かに》のスープ。

あっさりしてとても美味かった。


こうして支度を終えて、俺が宿の前で待っていると、すぐにリタとアンが宿から出てきた。

「「おはよう、バン（さん）」」

「おはよう、二人とも。ゆっくりできたか？」

「うん」

「はい」

「それはよかった。じゃあ、早速朝市に向かおうか」

挨拶を交わし、一緒に朝市へと出発する。

ちなみに、ドウとトロワは昨夜遅くまで飲んでいたから、まだ寝ているらしい。


街をしばらく歩き、二番通りの朝市に着いた。

朝市ではロワール河の水産物や、近隣の農家の野菜、狩人が仕留めた動物や魔獣の肉が売られている。

あとは、少し値は張るが香辛料《こうしんりょう》や調味料、手作りの菓子なども並ぶ。

とても賑やかで、客は料理人や主婦などが多いようだ。

まずはニールの食事のため穀物《こくもつ》屋に寄り、飼料を大量に仕入れると、おまけに米という穀物を一袋もらった。

東の公爵《こうしゃく》領の特産品で、麦粥のように調理するらしい。

とても腹持ちがいいが、馬が食べるには不向きだそうだ。

詳しく調理法を聞いた後、今度は野菜と果物を仕入れに行く。

葉野菜や根菜類をこれまた大量に仕入れると、一割引きにしてくれた。

果物は今、瓜《うり》とベリー系が豊作だそうだ。

しかし安くはないので、傷物を買う。

俺もニールも見た目はそこまで気にしないからな。大事なのは味と量だ。

肉はアイテムバッグにそれなりにあるので、今回は肉屋には寄らず、魚屋に向かう。

川魚や魔魚を買って捌《さば》いてもらった。

泥抜きした貝も三桶分ほど購入して、買い物は終わりにした。

連れの二人は俺の買う量に驚きながら、自分たちも買い物をする。

「おじさん、このお魚は？」

「ああ、この干物は……」

アンは他の二人から魚の干物や燻製《くんせい》を頼まれていたらしい。

買った後は店主に調理法を聞いて、メモを取っている。

「お願い、全部売って！　お金ならあるから！」

「姉さん、そりゃ無理ってもんだよ……」

リタは好物の巣蜜《すみつ》を見つけると、高額にもかかわらず店の在庫の半分も買っていた。

本当は買い占める勢いだったのだが、常連さんに迷惑をかけたくないと言われ、店主に売ってもらえなかったようだ。

それでも大量なのは変わらないので、リタはご満悦の様子で足取りが軽い。

その他にも、菓子やドライフルーツなどを多めに買っていた。


こうして朝市での買出しが終わり、俺は一番通りに出て運輸ギルドに向かった。

リタとアンは先に冒険者ギルドで待っているそうだ。

アンが午後から仲間の二人と合流して討伐依頼を受ける予定のため、依頼を吟味《ぎんみ》しておきたいらしい。

俺は運輸ギルドに着いて、乗合馬車の空席と出発の予定時刻を伝える。

すると、すぐに予約が埋まってしまった。

行商人二人とその荷物分で四席、王都の文官たちで三席と計七席の予約が入り、満席になった。

なんでも文官たちはシデンさんの知り合いらしく、俺の馬車を指名しての依頼だった。

とてもありがたい……と思っていたが、文官のうち二人が女性で、リタとアンがいることに安心したのが決め手になったそうだ。

うん、俺とニールは関係ないんだな……

いや、予約がありがたいことには変わりないんだが……

運輸ギルドで用事を済ませた後は、冒険者ギルドに向かった。

その前に路地に入り、大剣とマントをバッグから出して装備し、フードを深くかぶる。

さっさと済ませようと決意して、足早に建物に入った。

ギルド内は朝のピークを過ぎてはいるが、それでもまばらに人がいる。

俺が扉を開けた瞬間、他の冒険者たちが一斉に視線を向けてくるのを感じた。

だが彼らはすぐに目線を逸らし、何人かがヒソヒソと周りと話しだす。

ほとんどはいい依頼がなかった下級ランカーだろうが、中には指名依頼のために待機している者もいるのだろう。

まあ、この時間なら人数はこんなもんか。

併設されている酒場に視線を移すと、カウンターにリタがいた。

リタは俺と目が合うと立ち上がり、こちらに向かって歩いてきた。

アンは掲示板の前にいて、まだ依頼を吟味しているようだ。

俺は依頼の隣にある賞金首の張り紙を確認する。

そこには賞金首の人相と一緒に、次のような内容が書かれていた。

賞金首『悪臭のデェギュラ』

賞金五百万テル。

北の街道に出没する盗賊団の頭目。

元ゴールドランカーの戦士で斧使い。

賞金首『ギリアム』

賞金三百万テル。

北の街道に出没する盗賊団のメンバー。

廃嫡《はいちゃく》された男爵《だんしゃく》家の子息で、貴族学院卒の剣士。

おっ、倒したうちの二人が賞金首になっているようだ。これはついてる！

二枚の手配書を剥がし、俺は報酬の受け渡しカウンターへ進む。

その時、リタが隣に来たが、微笑むだけで何も話しかけてこない。

「この二人を討伐した。死体があるので確認を頼む」

俺はそう言って、冒険者タグを受付嬢に渡す。

「はい。かしこまりました。えっ！　バッ、バン様ですか？　しょっ、少々お待ちください……」

タグを確認した受付嬢は急いで立ち上がり、ギルドの奥の部屋に駆けていった。

隣のカウンターの青年はリタに見とれていたが、こちらのやり取りを聞いていて俺が誰か分かったのだろう。すぐに顔色が青くなり下を向いてしまった。

はぁ～～～、やっぱりこうなるか。

悪い意味で有名なんだよな、俺……

その後、すぐに受付の奥から誰かが出てきた。

尖った耳が特徴的な老紳士で、しっかりした足取りで杖を突きながらカウンターに歩いてくる。

「ここのギルマスのクレマンと申す。早速だが、あちらで賞金首の確認をしたいのだがいいだろうか？」

「もちろん構わない。さっさと済ませたいからな」

「分かった。君も案内を頼む」

そこまで暑くないのに、クレマンはなぜか汗をよく拭《ぬぐ》っていた。

受付嬢が先頭に立ち、別室へ案内される。

だが、さきほどのやり取り以外はみんな無言だ。杖を突く音と足音だけがよく響く。

少し歩き、ギルドの地下にある個室に着いた。

ギルドに併設されている解体処理場内にあるこの個室は、扉に『死体安置所』と書かれていた。

死体安置所の中に入り、注意を促す。

「一人は手配書の二つ名にあった通り、死ぬ前から悪臭がひどかったから注意してくれ」

クレマンはローブの袖《そで》で鼻と口を押さえ、受付嬢はハンカチで口元を覆う。

リタは風の精霊を呼んで、空気の壁を作った。

みんなの準備ができたのを確認し、俺は三つの死体をアイテムバッグから出す。

首と体が分かれた臭い大男、上半身を斜めに切り裂かれた身なりのいい青年、左の顔と上半身がない男の三体だ。

死体の人相を確認し、クレマンと受付嬢が顔を見合わせて頷く。

「間違いないようだ」

クレマンが言った後、受付嬢に聞かれる。

「装備品はどうしますか？」

「武器だけ換金せずこちらでもらう」

「分かりました。確認は以上です。すぐに賞金を用意します」

「ああ、頼むよ。あまり長居したくなくてな」


こうして、死体の確認を終えた後……俺はなぜかギルド二階のクレマンの執務室に案内されていた。

お茶を飲みながら待っているが、そういえばなんでリタはここまで一緒についてきたんだ？

今更ながら不思議に思っていると、一緒に部屋にいたクレマンが膝をついてリタに頭を下げる。

「師匠《ししょう》、お久しぶりでございます」

「元気そうね。クレマン」

え！　リタはクレマンの師匠なのか？

ていうか尖った耳からして、もしかしてクレマンはエルフなのか？　見た目はそんなにヒューマンと違わないと思ったんだがな。

俺が内心驚いていると、それに気付いたのかリタが説明してくれた。

なんでもエルフは血の濃さにより、能力や寿命や食生活が変わるらしい。ハイエルフが菜食でエルフが魚菜食、ハーフまで来るとヒューマンと同じく雑食のようだ。

そして、クレマンはリタよりだいぶエルフの血が薄いので、見た目はヒューマンとさして変わらないらしい。ただ寿命はヒューマンより少しだけ長いようだ。

クレマンには、彼が子供の頃に、リタが魔法のいろはを叩き込んだのだという。

クレマンはその後シルバーランカーになったが、結婚を期に引退しギルドに就職。順調に出世し、最近このロワールのギルマスに就任したということだ。

広いようで狭い世界だな。

しかし、リタがこの老人の子供時代からの師匠って……

まあ、リタの寿命を考えればおかしくはないんだが……

そんなことを考えていたら、心身ともに凍るような殺気が漂ってきた。

殺気の主は、確かめるまでもなくリタだろう。

リタに年齢の話は禁句だからな……それにしても、俺の考えてることを察知しすぎな気もするが。

リタの殺気に気付かないふりをしてやりすごしていると、扉をノックする音がした。

受付嬢が高級感のあるトレイを掲げ、部屋に入ってくる。

トレイの上には金貨が光っている。受付嬢は、それをテーブルに置いて説明をし始めた。

盗賊を倒した賞金が八百万テル、武器以外の装備品を売った代金が四十万テル。

これ以外にも、盗賊団討伐の依頼が出ていたのでその報酬も支払うが、状況の確認に時間を要するので待ってほしいとのことだ。

そして説明が終わると、受付嬢は……

「ギリアムがアイテムバッグを所持していました。こちらはいかがしますか？」

と、聞いてきた。

アイテムバッグなんて持ってたんだな。

ろくに確認してなかったので驚いた。

だがそれ以上に、そんなに正直に報告してくることにも驚いてしまった。

「『ギルマス殺し』のバンに不正を働くギルド支部なんてないわよ♪」

リタのその言葉に、クレマンと受付嬢は苦笑いだ。

やめろよ、その二つ名は聞きたくないんだよ……

リタの奴……分かってて言ってるよな……

ジト目でリタを見ても、彼女は涼しい顔だ。

あ～～～、早くギルドから帰りたい。

俺は受付嬢に、ギリアムのアイテムバッグの中身をすべて出して、換金してもらうように伝えた。

その作業は夜まで時間が必要とのことなので、改めてまた来ることにする。

武器とアイテムバッグも、その時にもらう予定だ。俺の持ってるものより容量が少ないらしいが、役に立つだろう。


金を受け取って執務室を出て、アイテムの使い道を考えながら階段を下りる。

すると人の少ない時間帯のはずが、ギルドの一階は何やら騒がしかった。

「嫌です！　お断りします」

「つれないなぁ～」

「そんなことを言わないでさあ～」

「一緒に行こうぜ～」

見ると、アンが三人の男に絡まれている。

まあ、ギルドではよくあることだ。見ていて気持ちのいいものではないが、アンも自分で対処できるようにならないとな。

そう思っていると……

「あっ！　バンさんにリタお姉様」

アンが俺たち二人に気付いて声を掛けてきた。

三人のチンピラたちが、こっちを睨《にら》んでくる。だが俺の隣のリタに気付いた途端に気味の悪い笑顔になった。

「おお！　あの綺麗なエルフの姉さんも知り合いか〜」

「すげ〜別嬪《べっぴん》！」

「マジかよ〜、ついてるぜ〜」

いやいや、ついてないぞバカども……

リタの笑顔が怖い。目が笑ってません……

はぁ〜〜〜。

「うちの護衛になんの用だ？」

とりあえずアンとチンピラとの間に入る。

「ああ？　なんだよおっさん！」

チンピラの一人が俺を小突き、マントを掴む。

するとマントが外れ、フードで隠してた顔も、背負っていた黒い大剣も出てしまった。

「ぐふっ」

とりあえずチンピラの鳩尾《みぞおち》を一発殴り、蹴り飛ばす。

「粋がるな、小僧ども！」

吹っ飛んだチンピラは酒場のテーブルに直撃し、その衝撃でテーブルが破壊された。

壊れたテーブルの上で痙攣《けいれん》している仲間を見て、残り二人の男たちは呆然と立ちつくしていた。

その時、二階からクレマンが下りてくる。

「なんだ！　何があった？」

「バンに絡んできたから、ああなってるわよ」

リタはそう言って、倒れている男を指差しながら笑顔だ。

「よくある挨拶だ、ギルマス」

俺が言うと、クレマンはため息を吐いて頭を抱えた。

「は～。お前ら、よくギルマス殺しに突っかかったな。相手の実力が測れないから、お前らはいつまで経っても駄目なんだ」

「「ギルマス殺し!?」」

俺の二つ名を聞いて残りのチンピラが青ざめる。

その二つ名は嫌なんだが、バンという名前よりも広まってしまっているみたいだな。

チンピラ二人が、いきなり土下座してくる。

「すみませんでしたぁ～、勘弁してください～」

震えるくらいならするんじゃない。まったく……

「とりあえず、テーブルの修理代はお前らが払え」

「「はいっ」」

「じゃあな……」

「「ありがとうございます！」」

チンピラたちは修理代をカウンターに置くと、倒れた男をかついで出ていった。

しかしどうしてくれるんだ、この状況。

アンはリタの側に来て愚痴を言っているし、リタはクレマンに冒険者の教育がなってないとか説教しているし、受付の職員や周りの冒険者たちは、みんな俺と視線を合わさないし……こうなったのが俺のせいでもあるのは分かってるから、いたたまれないな。

ここは仕方ないか……空気を変えるのにはこれが手っ取り早い。

「あ～、騒がせて悪かった。マスター、このギルドにいる全員に一杯ずつ俺の奢りで出してくれ」

「「「イェーーーイ！」」」

酒を奢ると言った途端に、冒険者たちが騒ぎだし、場が一変して和やかな雰囲気になった。

「ギルマス、酒代は報酬から差し引いといてくれ」

「すまなかった………」

「気にするな、慣れてるよ」

そう伝えて、先に一人でギルドを出た。

しかし、本当に嫌な二つ名だ。早く牧場に行ってニールに癒されよう。

俺は昼前に宿へ戻り、従業員に二人乗りで牧場に送ってもらった。

到着した牧場ではニールが木陰《こかげ》で休んでいた。

「待たせたな、ニール」

「ブルル～！　ブルル（遅い～！　主）」

ニールが鳴いてこちらに駆けてくる。

ニールを牧場の柵から外へ出して鞍をつけ、ロワール河の河辺へ向かって走らせる。

全速力ではないが、かなり速い。


河辺に着くと、ちょうど漁師たちが船から投網《とあみ》を投げては引き揚げる作業を繰り返していた。

水面は日の光にキラキラと輝き、色とりどり帆の船がゆっくり佇《たたず》み、漁師たちの揃った掛け声が聞こえてくる。

そんな様子を馬上から右手に見て、河の上流に向かうニールと俺。

ニールは走るのがとても気持ちよさそうだ。

たまに水辺に小さな蟹や魚を見つけて立ち止まり、興味深そうに見ている。

ちょっかいを出そうとした途端、威嚇《いかく》されて後ずさっていた。

後ずさるニールの上でバランスを取り、落ちないように気を付けながらニールに注意する。

「おいニール、お前の方がこんなにもデカいだろ？」

「ブルルルル……（初めて見るし……）」

ニールが抗議するように鳴きながら俺を見る。

「なら警戒するのは当たり前か。ごめんごめん」

「ブルルル～（そうだよ～）」

ニールの首を軽く叩きながら謝ると、ニールが同意するように鳴いた。

そんなことを繰り返しながら進むと、だいぶ遠くまで来たらしい。

後方に見えるロワールの街はとても小さくなり、河と森の境目まで来てしまった。

見張りのための砦があったので、そこで休ませてもらうことにする。

上を向いて、櫓《やぐら》に声を掛ける。

「すまない、旅の者だが少しこちらで休憩していいだろうか？」

「ああ、構わんよ。それにしても立派な従魔だな！」

同年代くらいの一人の兵士が許可を出してくれた。

俺は褒められてご満悦の様子のニールに、水桶と果物を出して食べさせる。

その後、俺も木陰で水を飲み、横になった。

涼やかな風が気持ちよく、河の音も心地がいい。

しばらくのんびりしていると、さきほど声を掛けた兵士が休憩のために交代したようで、俺たちの休んでいる場所に来た。

「旅人さんよ、申し訳ないが、何か香辛料が余ってたら売ってくれないか？」

「別に構わないぞ」

香辛料は朝市で仕入れたばかりだから、余裕はある。

安価な香辛料を売ると、兵士は様々な情報を教えてくれた。

世間話や最近の王都の様子、近辺の魔獣や魔物の情報などを聞いているうちに、気になることを言ってきた。

「ところで、そんな立派な従魔なら、南の侯爵《こうしゃく》様の領地で開催されるレースに参加するのか？賞金もたんまり出るらしいからな！」

「そんなレースがあるのか？」

なんでも、王都と南の侯爵領の中間にある街で、三ケ月後に競技大会が開催されるらしい。

武道大会や魔法対戦やレースなどをするらしく、優勝者には賞金が与えられ、望むなら仕官の道も開けるかもしれないと、兵士は熱く語っていた。

賞金は魅力だが、貴族とは関わりたくないな。

ちなみに、女王の息子が王太子になるのを祝う祭りの一環だそうだ。

「ところで、なんで場所が王都じゃなく南寄りなんだ？」

「確か女王の旦那が侯爵の息子で、王太子が侯爵の孫にあたるからじゃないか？　まあ平民の俺らには関係ない話さ」

「なんとも面倒臭そうな話だな……」

「でも祭りには罪はないさ。俺も休暇を取って妻と息子と行くつもりだよ」

「楽しんだ者勝ちだな！」

「その通りよ！」

「「ハハハハハ♪」」

そんな風に二人で笑っていた時……急に森から冒険者らしき格好の男が飛び出してきた。

5話　伝令

「たっ、頼む！　助けてくれ！」

「どうした？　何があった？　ひとまず手当てをしないと」

急に現れたボロボロの冒険者を、兵士は砦に案内しようとする。

なんか、面倒事の気配がするな。

俺は巻き込まれないようニールに跨り、ロワールの街に戻ることにする。

ところが出発しようとした時……

「すまない！　伝令を頼む」

兵士からそう言われてしまった。

断るのも忍びないので、伝令だけならと、依頼として受けることにした。

馬での伝令任務は冒険者ギルドの管轄《かんかつ》なのだが、まあ仕方ない。

「本当にすまん。『西の森の奥、魔物リザードマンの集落を発見した。ただちに討伐の必要あり』……以上を至急、領主館と冒険者ギルドに伝えてくれ」

「分かった。あんたの名前は？」

「そういやまだ名乗ってなかったな。西の砦部隊の副隊長ウエスだ。これが報告書だ」

「分かったウエス、俺は冒険者で乗合馬車の馭者バンだ」

「冒険者で馭者？　変な肩書きだが……まあいい、頼むぞバン」

「ああ、頼まれた。今度一杯奢れよ」

「分かった。樽《たる》で奢ってやる」

報告書を受け取ったところで、俺は自分に身体強化魔法を掛けた。

「ははは、約束だからな。頼むぞニール。ハッ」

「ヒヒーン（いくよー）」

ニールに声を掛け、腹を蹴って合図を出す。

ニールはいななき、気合を入れて走りだした。

あれ……ニール、また速くなってないか？

以前から相当速かったが、景色が流れる速度が増している気がする。

まだまだ成長中ということか……

そんなことを思っているうちに、すぐ北門に到着する。

門番の兵士たちは焦《あせ》りながら俺たちの前に立ち、両手を振って叫ぶ。

「とっ、止まれ！　止まれ～！」

「緊急伝令だ。領主館まで通してもらう」

俺が胸元から書状を出して隊長格らしき男に見せると、彼は詰め所に合図を出した。

すると詰め所から、緊急事態を知らせるビューグルというラッパを持った兵士が出てきて、街に向かって力いっぱいに吹く。

ラッパの音が一番通りに響いていくと、行きかう多くの馬車が道の左右に寄って止まった。

通りの真ん中に馬車一台が通れるくらいのスペースができあがる。

「ここをまっすぐ行くと、街の中央に領主館がある。行ってくれ、さあ早く！」

「よし。ニール、もう少し頼むぞ」

「ブルル♪（任せて♪）」

俺は馬上から緊急伝令だと叫びながら走っていく。

ニールがスピードを上げるために力強く足で地面を蹴ると、通りの石畳にヒビが入ったり欠けたりする。だが、それでも速度を緩めず駆けていく。

後から弁償とか言われないよな……などと考えていたその時、進路に少年が飛び出してきた。

「「「きゃ～～～～！」」」

「「「いやぁ～～～～！」」」

「「「うわぁ～～～～！」」」

周りから悲鳴や叫び声が聞こえてくる。

少年はすぐ目の前だ。このままでは……

「頼むぞ！　ニール」

「ブル（うん）」

俺は覚悟を決めて、ニールと呼吸のテンポを合わせる。

少年より先を見るようにして、膝を締めて鐙に立つ。

その瞬間、ニールが後ろ足で地面を蹴り、すごい勢いで空へと跳び上がる。

「「「おお～～～」」」

周りの悲鳴が歓声に変わり、少年と衝突した衝撃もない。

ニールのジャンプが間に合ったみたいだ。

だが、跳びすぎたらしい。

俺はニールと空に浮いていた。通りの二階建ての建物を見下ろしながら……

怖い！　落ちる！　高すぎだろう～～～。

フワッとした滞空時間が終わり、急に重力がかかって石畳が近付いてくる。

俺は必死にニールにしがみつく。

ドスンッ、バリバリバリバリ〜！

すごい衝撃だったが、なんとか無事に通りに着地できた。

そして、目の前には領主館がある。

振り返るのが怖いが、たぶん石畳はボロボロだろうな。

本当は伝令の報酬をもらう気でいたが……今回は辞退しよう。

そう考えながら領主館の前の門に進むと、衛兵に槍を突きつけられる。

「止まれ、何者だ？」

「緊急伝令を頼まれた者だ。これが報告書だ」

それだけ伝えて報告書を衛兵に渡し、冒険者ギルドへ向かうためにニールの向きを変える。

その途端、石畳が十数メートルにわたって割れているのが目に入る。

やっぱり……だが、緊急事態だし見逃してもらえるか？

伝令の報酬辞退くらいじゃ済まなそうだが、修理費を請求されたらどうしよう。

「ブルルルル！（早く行くよ！）」

今後を心配しているとニールが鳴いて、ハッとして我に返る。

そうだよな、今は急いで冒険者ギルドに行かなければ。

なるようにしかならないと諦め、来た道を戻る。

その後すぐに冒険者ギルドに着くと、ギルドを取り囲むように冒険者たちが集まっていた。

ニールから飛び降り、外の柱に手綱を結んで中に入ろうとする。

しかし、ギルド内も冒険者たちで溢れていた。

「緊急伝令だ。通してくれ」

俺が大声を出すと、うるさかったギルド内は静まり返り、二階への階段までの道が開かれた。

早足でクレマンの執務室に向かい、ドアをノックする。

「緊急伝令だ。ギルマス、入るぞ」

許可を待たずに入室すると、そこにはクレマンとリタがいた。

「「なぜバン（殿）が!?」」

「『西の森の奥、魔物リザードマンの集落を発見した。ただちに討伐の必要あり』と伝令を頼まれたんだ。領主館への報告後にこちらに来た。詳細は領主館に聞いてくれ」

「……了解した」

クレマンはそれを聞き、すぐに執務室を出ていく。

これで一応、頼まれた仕事は終わったな。

この後でリザードマン討伐の依頼が発生するかもしれないが、それは緊急のラッパを聞いて集まってきた、依頼目当ての冒険者たちがなんとかするだろう。

今の俺は馭者だからな。コバさんたちも待たせているし、面倒事には関わりたくない。

俺も部屋を出ようとすると、リタに呼び止められる。

「バン、一息ついたら？」

リタはそう言って、氷入りの冷えた水を出してくれた。

体も熱く、喉《のど》もカラカラだったので、座って一気に飲み干すと、すぐに水魔法でおかわりを入れてくれる。

「ふぅ～～～」

「お疲れさま」

「ありがとな……だが、リタはどうしてここに？　街をぶらつくんじゃなかったのか？」

冒険者ギルドで別れた後の予定はそんな風に聞いていたんだが……そう思って尋ねた。

リタによると、精霊がざわつき始め、緊急のラッパの音が響いたので、途中で街の散策をやめて、急いで冒険者ギルドに戻ってきたそうだ。

「それでバンは、なんで伝令を？」

俺はニールと遠乗りに出かけてからの話をし、偶然だったと説明する。

「災難ね……」

「そうでもないさ」

ニールと気持ちよく走れたし、最近のいろいろな情報も聞けた。

リタも競技大会の話には興味を持ったらしく、一緒に参加しようと誘ってくる。

「俺はいいよ。仕事があるし、貴族絡みは嫌いだ」

「確かにね。でも、賞金は魅力だし……」

俺が断ると、リタも迷い始める。

そんな風に喋《しゃべ》っていると、ギルマスのクレマンが一人の騎士と一緒に戻ってきた。

「すまないが、バン殿らに依頼がある。討伐に……」

「ここからは私が話そう」

申し訳なさそうな顔で言うクレマンの言葉を遮《さえぎ》り、一緒に来た騎士が話しだす。

なんかうざそうな奴だな……

そう思っていると、リタもそう思ったのか、俺と同じように顔をしかめて騎士を見ている。

騎士はなんとも回りくどい話し方で、リタへの自己紹介から話し始め、自分は貴族の子息とか、今までこの街を守護してきた騎士だとか、王都で近衛騎士団に入るとか、どうでもいい話を続ける。

騎士の最後の一言で、俺もリタも我慢の限界に達した。

「この討伐への参加を許可しよう。名誉なことだろう？」

誰も参加は希望してない。

俺とリタは視線を合わせた後で揃ってため息を吐いて、騎士を無視して部屋を出ようとすると……

「待て！　どこへ行く？」

そう言って、騎士に呼び止められる。

「今すぐ街を出る」

「私も」

「何～？　どういうことだぁ～」

俺とリタの言葉を聞いてわめく騎士。

こいつは典型的なアホ貴族だな。

「ひっ！！！」

リタが殺気を込めた目で睨むと、騎士が怒鳴《どな》るのをやめて後ずさる。

「クレマン、後はよろしくね」

「かさねがさね申し訳ございません。師匠、バン殿……」

頭を下げるクレマンに後を任せ、俺たちは騎士を放置しギルドを出る。

俺は柱に結んであったニールの手綱をほどき、飛び乗る。

騎士に言った通り、すぐに街を出るためだ。

するとリタが、ニールを撫でながら話しかけてくる。

「ニール、私もいいかしら？」

「ブルル～（いいよ～）」

ニールの了承の鳴き声の後、俺へ手を差し出してくるリタ。

リタはニールに乗ってみたくなったらしい。別に乗らなくても、似たような速度で移動できるんだが。

まあ、ニールが許可したならいいか。

乗せるのは俺だけじゃないのかニール、とちょっと嫉妬もするが……

「よっと」

「ありがとう」

リタを引っ張り上げて、後ろに乗せる俺。

そういえば、二人乗りは初めてか……

俺は背中のリタの体温を意識しないよう注意し、そのまま運輸ギルドへ向かった。


しばらくして、運輸ギルドに到着した俺たち。

受付で事情を話すと、すぐに応接室へと案内された。

「すぐにギルドマスターがまいりますので、少々お待ちください」

受付の青年がそう言って、お茶を用意して去っていった。

お茶を一口飲んだらすぐに、好々爺《こうこうや》といった印象のヒューマン族の老人が、肩に鳥の魔獣を乗せて入ってきた。

「早速事情を聞こうかのう～」

俺は事のあらましを話し、冒険者ギルドでの騎士の件を説明した。

「はぁ～～～、まだそんな奴がいるとはの～」

ギルマスは大きなため息を吐きながら言った。

こういう事件はたまにあるらしく、そのたびに領主へ商業ギルドと共に抗議するそうだ。

「それで、俺たちは早いところこの街を出ようと思ってます。予約客に連絡を取れませんか？　可能ならすぐに集まってもらって乗せていきたいので」

「その前にちょっとだけ時間をもらえないかのう～？」

「はぁ～」

ギルマスが職員を呼び、羊皮紙二枚とペンを持ってこさせる。

それが届くとすぐにペンを走らせて手紙を書き、封をすると肩の鳥に話しかけた。

「すまんのう～、商業ギルドに届けてから、領主館にも頼むぞ～。なるべく急ぎでな～」

「ピーーーー」

鳥はギルマスの言葉に返事をして、二通の手紙を掴み、窓から飛び立つ。

「従魔ですか？」

「そうじゃ、わしの相棒でのう。長い付き合いじゃて。お主の従魔は馬型らしいのう？」

「はい！　スレイプニルなのでニールと名付けました」

それから運輸ギルドのギルマスと従魔の話に花を咲かせていると、外が騒がしくなった。

「お客様みたいよ……」

リタが教えてくれるとすぐにドアがノックされる。

「冒険者ギルドのギルドマスター様、商業ギルドのギルドマスター様、ロワールの騎士団長様がいらっしゃいました」

「入ってもらえ」

えっ！　ギルマスの口調が変わったぞ。

「「「失礼する」」」

冒険者ギルドのギルマス、商業ギルドのギルマス、ロワールの騎士団長の三人が入室して、案内した職員がお茶を出す。

騎士団長は、さっきの勘違い騎士の上司のようだ。

「よいと言うまで誰も通すな」

「はい、かしこまりました」

運輸ギルドのギルマスが職員にそう告げると、職員はすみやかに退室していった。

三人のギルマスに睨まれる騎士団長。

「で、騎士団長殿。何か言いたいことはあるかね？」

「本当に申し訳ない………」

運輸ギルマスが尋ねると、騎士団長が俺に頭を下げて謝罪してきた。

当事者は俺たちだが、場の空気に呑まれて無言のままやり取りを聞いているしかない。

「で、どうするのです？」

今度は商業ギルマスに問われる騎士団長。

「さきほどの騎士は衛兵に降格させ、心身を鍛え直します。それでご容赦ください……」

思ったより重い処分に俺が驚くと……

「あんなのが衛兵では、治安がかえって悪くなるのでは？」

今度は冒険者ギルマスであるクレマンが尋ねる。

「しかし、それ以上の処分はどうにも……」

かなり困っている様子の騎士団長。

部下の後始末をするのは大変だ。ここでみんなが納得できる答えを出せないと厄介なことになりそうだな。

「それならさっきの騎士様に、リザードマン討伐隊の最前線に行ってもらいましょうよ」

リタの提案に、俺も含めて全員が驚く。

容赦がないな……

「討伐に強制参加させようとするくらい他人の命を軽く扱う奴なんだから、自分の命も同じくらい軽いでしょう？　だったら名誉のために頑張っていただかないとね！　そうでしょう、団長様？」

リタさん、かなり怒ってます。

その笑顔、怖いです。ギルマスたちもドン引きです。

「確かに、あの騎士は近衛騎士団に入るとか言っていましたから。討伐に参加しても、リザードマンごとき取るに足らないでしょうな♪」

クレマンが、騎士団長に騎士の発言を告げ口した。

騎士団長は深く溜息を吐く。

「あのバカ、救いようのない……分かりました。その代わり、無事に生還したら騎士のままでいでしょうか？　もちろん徹底して再教育をしてからですが」

「ええ♪　無事に生還できたらね」

ニコニコしながら言うリタ。

あっ、これは終わったな。

さきほどの騎士、どう見てもリザードマンを相手にして勝てる要素がない。

「このことは王都の本部へと報告させていただくのでそのつもりで」

「「同じく」」

運輸ギルマスと残り二人のギルマスが追い打ちをかけると、騎士団長は天井を仰いで目を瞑《つむ》っていた。

下手をしたら、このままだと騎士団だけの問題ではなくなりそうだ。親である貴族への処罰や、ここの領主の交代だってありえる。

騎士とはそれほど重い役職であり、発言には気をつけなければならないんだ。


そんなこんなで、なんとかリザードマン討伐には巻き込まれずに済んだ。

これで馬車の出発予定を変更しないで済みそうだ。予約客や護衛たちに迷惑をかけることはなくなったとホッとする。


運輸ギルドを出て宿へ戻ることにしたら、クレマンが後ろからついてきた。

「バン殿、盗賊討伐の報酬と盗賊の武器を預かってきた。宿で渡したいのだが」

「それは助かる。また冒険者ギルドに行くのは気まずいからな」

「気が利くじゃない、クレマン」

いろいろありすぎて、冒険者ギルドに追加報酬と武器を受け取りに行く予定、すっかり忘れていたな。

ひとまず宿へ帰るとしよう。

◆

俺たちが宿に到着した頃には、日も暮れ始めた。

明日は出発で朝早いため、ニールを牧場には連れていかず、宿の隣の厩に泊める。

リタとクレマンには、先に宿へ入ってもらった。

それから俺は厩に行き、藁を交換してもらい、従業員にチップを渡す。

マジックバッグからニールの夕飯を用意し、食べ始めたニールに声を掛ける。

「今日は本当にお疲れさま、ニール。明日からまた馬車を頼むな。後でブラッシングしに来るから」

「ブルルル～（待ってる～）」

返事をしてくれたニールを置いて、俺は宿に入り、自分の部屋へ向かう。

部屋に入ると、待っていたクレマンが、盗賊の所持していたアイテムバッグと武器、そして金貨を出してきた。

「アイテムバッグの中身は食料と宝石だった。すべて換金して一千万テル。それから、ギルドでの酒代は私が持つ。本当にすまなかった……」

「分かった。頭を上げてくれギルマス。こちらこそ気を遣わせてすまない」

酒代は申し訳ないと思ったが、俺が断ると話が長くなりそうだったので、ここはクレマンの厚意に甘えることにした。

話を変えて、武器の性能を聞く。

「それで、盗賊たちの武器の鑑定《かんてい》結果はどうだった？」

「一人目の武器は炎の大斧、刃に火の魔法付与がされています。魔力を込めると攻撃対象を焼き切ることができます。二人目の武器は風のショートソード。こっちは風の魔法付与がされています。魔力を込めると風の斬撃を出せます。三人目の武器は大型片刃ナイフ二本。なかなかの業物《わざもの》で、刃の反対側で武器破壊が可能です。おまけで投げナイフ十二本。これで以上です」

武器に魔石がついていたので、魔道具のような力があると予測していたが、思ったより高性能だな。

名前も分からない盗賊でも、そこそこいいものを持っていたようだ。

俺は盗賊のアイテムバッグを受け取り、武器をもともと持っていたアイテムバッグにしまうと、クレマンがリタに言う。

「師匠、言いにくいのですが……どうか今回のリザードマン討伐に参加していただけないでしょうか？　お願いいたします」

「嫌よ、絶対に嫌」

クレマンが丁寧に頭を下げながらお願いしてきたのに、リタはクレマンに、かぶせ気味に即答する。

俺は馬車業があるから討伐参加は無理だが、リタは協力できるんじゃないか？

さっきの横柄な騎士はともかく、ここまで弟子が困ってるなら少しは手伝ってやればいいのに、何がそこまで嫌なのだろう。

不思議に思っていると、リタが騒ぎ始める。

「私はみんなと王都に行くの～。討伐に参加したらみんなが先に行っちゃうじゃない～。だから～、絶～～っ対に嫌！」

……リタは俺が思っていたより、この旅を満喫しているみたいだ。

護衛のアンを妹みたいにかわいがっているし、ロワールまでの乗客たちとも仲良くやっていたし、その子供たちにも懐かれていたしな。

冒険者として仕事をしているとトラブルはつきものだし、平穏な旅は久しぶりだったのだろう。だからこそ王都まで、平和な旅をしたいんだろうな。

しかし、クレマンには同情するな……

冒険者ギルドのマスターとしての立場もあるのに、恥を忍んで頼んでいるんだろう。

本来なら、ロワールを拠点にしている冒険者たちだけで対処するのが望ましいとされている。なのにリタにここまで頼むなんて、ロワールの実力のなさを認めるようなものだからな。

だが、ギルマスとして依頼の達成を優先し、プライドを捨ててリタに頼んでいるんだろう。

そんなクレマンを、俺は流石だと思った。

が、頭を下げてもリタに断られているのは、少し哀れに思う……

本当は俺が手伝ってやってもいいのかもな。

だけど、乗合馬車はすでに予約客で埋まっているし、簡単に予定を変えることはできない。

悩んでいるとノックの音が聞こえ、急にコバさんと護衛三人が入ってきた。

「バンさん、リタさんと依頼を受けてくれませんか？」

「そうなったら俺たちも討伐に参加しようと思います」

いきなり提案してくるコバさんと、それに同調してくるドウ。

この人たち、いつの間にリザードマン討伐のことを知ったんだ？　運輸ギルドから連絡がいったのか？　ていうかずいぶんスムーズに会話に入ってくるけど、今までの話、外で聞いてたのか？

あと他の客もいるんだから、そんなに勝手に決められても困るぞ。

「しかし、みんなの予定が……」

唐突に話が進み、俺が困って言うと、コバさんがそれを遮ってクレマンに話しかける。

「冒険者ギルドマスター様、私は行商人のコバと申します。今回のリザードマンの討伐で得られる素材を半分、私たちに売ってはもらえませんか？」

なるほど、コバさんはリザードマンの素材が目当てということか。

しかも予約している行商人二人も説得できると言っていた。

二人とは面識があるのだろうか？

まあ、コバさんができると言うのであれば問題ないんだろうな。

騎士とのトラブルがあったと話せば、他の予約客である文官三名も説得はできるはずだ。

ということは、リザードマン討伐に参加しても問題ないんだろうか……

悩んでいると、みんなが俺の顔を見てくる。

リタは笑顔で。

クレマンは縋《すが》るように。

コバさんは悪い顔で。

護衛三人は鼻息荒く。

「はぁ～～～、仕方ない。討伐の参加には馬車の日程変更が必要だ。運輸ギルドから許可が出たら参加しよう。ただ、あくまでも許可が出たらだからな！」

俺は大きなため息を吐きながらそう言い、頭を掻きむしる。

まあ、リタの弟子であるクレマンを助ければ、リタへの借りを少しでも返せるしな。そう思えば仕方ないか。

とはいっても、運輸ギルドから日程変更の許可がもらえたらの話だけどな。

「ありがとう。ありがとう、バン殿」

クレマンは俺の右手を両手で握り、改めて感謝を伝えてきた。

「このお人好し♪」

リタは裏拳で俺の肩を小突いてくる。

でも笑顔なので、俺の答えは間違いではないのだろう。

コバさんはクレマンを俺から引き剥がし、素材の値段交渉を始めた。

護衛の三人はやる気満々だ。

「みんな気が早いぞ！　あくまでも許可がもらえてからだ。それとギルマス！　もし討伐作戦に参加することになったら、討伐に参加する騎士団のメンバーは事情を理解している者を寄こしてくれないか？　同じトラブルが起きないようにな」

「分かった。それは必ず騎士団長に伝えて対応させてもらう。ギルドマスターの名にかけて」

「頼むぞ、本当に頼むからな」

そうクレマンに伝え、俺は運輸ギルドに向かった。


運輸ギルドに到着して事情を話すと、あっさりと了承されてしまった。

あれ？　なんで？

断ってもらえれば討伐に参加せずに済むと、ちょっと期待してたんだが……

そう思って職員に聞くと、運輸ギルドはこうなることを予測していたらしい。

俺の希望を最大限聞くように、と冒険者ギルドや騎士団から頼まれていたそうだ。

というわけで、あっさり日程変更が決まった。

俺はまた宿に戻り、リタ、アン、ドウ、トロワと討伐について打ち合わせをする。

まずは陣形を決めないとな。

「俺たち五人で臨時のパーティーを組む。レンジャーのドウが斥候《せっこう》だ。何かあったらすぐにトロワの位置まで戻れ」

「はい」

「俺は盾役として前衛になる。トロワは俺の後方で待機し、ドウが戻ったら遊撃を頼む」

「はいっす」

「今回の討伐は殿《しんがり》を気にしなくていいが……念のため、リタは最後列でニールに乗っていてくれ」

「は〜い、楽でいいわね」

「アンはリタの指示に従い、魔法で援護だ」

「はい」

「よし、ドウとトロワには渡しておきたいものがある」

俺は盗賊からの戦利品である武器をアイテムバッグから取り出し、二人に渡す。

「ドウにはこの大型片刃ナイフ二振りと、収納ベルトつき投げナイフを渡しておく。扱えるな？今使っている武器は予備に回してくれ」

「はい！　大丈夫です。これは俺が今使ってるものよりいいですね」

「トロワにはこのショートソードを。風魔法が付与されているので、魔力を込めるとウィンドカッターを出せる。軽く練習しといてくれ。ああ、それと乱発はするなよ。ウィンドカッターはここぞという時に使ってくれ。もう片手は盾でいくか？　それとも双剣でいくか？」

「はい！　練習しとくっす。今回は遊撃なんで双剣で思いっきりいくっす」

大斧は金に困ったら売るか。それか、ボウモアへの土産にするか……

そんなことを俺が考えていると、リタはリタで自分の所持しているアイテムバッグを漁《あさ》り始める。

「アンちゃんには私のお古《ふる》で悪いけど、増魔の指輪とトレントの杖よ」

「やったぁ～」

「指輪は魔法の威力が二割上がるし、杖は魔力消費が一割減るわ♪」

「すごい！」

「でも頼っちゃ駄目よ！　今までの練習を思い出して魔法を使ってね」

「はい、リタお姉様。ありがとうございます♪」

打ち合わせが終わった後は、ドウとトロワの練習に軽く付き合い、簡単な食事を取って、明日に備えて早めに休むことにした。

ちなみに、コバさんは予約客の行商人二人と話をつけに行ったらしい。クレマンは冒険者ギルドに戻っていて、討伐の準備中だそうだ。

俺は討伐が終わったら、必ず床屋《とこや》と湯船がある風呂屋に行くぞ！

必ず……必ず……ｚｚｚ………

6話　戦闘準備

いつの間にか寝てしまったらしい。日が昇り、朝になっていた。

俺は体をほぐしながら宿の裏庭の井戸で水浴びをする。

そして部屋へ戻り、懐かしい黒魔鉄《こくまてつ》の装備をすべて出した。

鉄が魔力により変質した鉱物を魔鉄という。黒魔鉄はそれを魔獣の素材と一緒に炉に入れ、鍛えた合金だ。

魔獣の素材により違う色や属性になるのだが、俺には黒魔鉄のものが合っていた。

強度が一番高く、闇属性のため精神耐性が上がるのだ。臆病だった俺には本当に助かった。

装備品をひと通り並べてみる。

まず服は、厚手の革のフードつき黒マントと、厚底ブーツ。

鎧は黒魔鉄のハーフプレートメイルで、兜《かぶと》はなし。暑いし蒸れるし鬱陶《うっとう》しいから持ってない。

武器は黒魔鉄の長槍、大剣、ショートソード、ダガー、大盾。

大剣やショートソードにダガーやマントはたまに使っていたが、すべてを装備するのはギルマスを殺したあの日以来か。

また世話になる日が来るとは……

大剣と大盾は背中にかつぎ、長槍を手にしてニールのいる厩に向かう。

すでに起きていたニールは、不思議そうな顔で俺を見ている。

「おはようニール、ゆっくりできたか？　昨日はいつもよりだいぶ走ったが大丈夫か？　あれからブラッシングしに来れなくて悪かったな」

「ブルル～、ブルルルルル～（おはよ～、仕方ないよ～）」

ニールの鳴き声で、ブラッシングのことは気にしていないのが分かる。

昨日はたくさん走れて、上機嫌の朝になったらしい。

昨日約束を破ってしまったブラッシングを今してやった。

それから食事を出してやると、いつもよりモリモリ食べ始めた。

「おはよう～」

「「おはようございます」」

後ろから挨拶をされ、振り向くとリタと護衛三人が装備をし、戦闘の準備万端の状態で立っていた。

「みんな、おはよう」

俺も挨拶を返しながら見ると、リタは本気の時の装備だ。

鎧は薄緑色に輝く翠魔鉄《すいまてつ》のハーフメイル。

武器はお手製の合成弓に、ミスリルのダブルショートスピア。ショートスピアは中心の接続を外すとレイピア二本に分かれるものだ。

ちなみに、ミスリルは銀が魔力により変質したとても貴重な鉱物で、薄く加工しても強度は黒魔鉄よりも上だ。

ミスリルは、魔法の発動媒体としても優れているので杖いらずらしい。

それから指輪にネックレスにローブと、数々のマジックアイテムを身に着けている。

属性があったり、魔法のような働きをするアイテムのうち、人工のものが魔道具と呼ばれ、ダンジョン産で再現不可能な性能のものがマジックアイテムと呼ばれるんだよな。

リタの本気の時の装備は久しぶりに見た。特にこの顔は特徴的だよな……

風属性の魔石を粉にして、マナポーションで溶いた液で模様を描いてあるんだ。

なんでも、エルフの伝統の戦化粧《いくさげしょう》でらしい。

綺麗だが、怖いんだよな……

「リタお姉様、格好いいです♪」

「ありがとう。でも、異性には不評なのよね～」

アンがリタの戦化粧を褒めると、リタは嬉しそうに言う。

だが、俺をチラ見するのはやめてくれ……

なお護衛三人は、昨日渡されたアイテムを装備していた。

「準備はいいか？　一度冒険者ギルドに向かうぞ」

俺が問いかけると、みんな無言で頷く。

とりあえず冒険者ギルドに行ってみるか……

大混雑な冒険者ギルドに到着すると、先日のチンピラたちとの事件が知れ渡っているのか、俺たちが進むとみんな道を譲ってくれた。

奥へ進むと、でかでかと緊急依頼書が一枚、掲示板に貼られていた。

依頼書の内容は次のようなものだった。

討伐依頼　リザードマン集落の討伐。
ロワールの街の西、森の奥湿地帯でリザードマンの集落を発見。
予想集落規模八十から百匹。放置すれば氾濫災害になる恐れあり。
魔物ランク　リザードマンの下級上位から中級上位。
参加資格　アイアンランカー以上。
報酬金額　最低二万テル以上。ランクと成果により変動あり。
定員　九十名。ロワール騎士団との合同作戦。
総指揮官　騎士団長サントル・ニベルネ准男爵。

注意事項　火魔法禁止。集落が森の中で火災の危険あり、水属性のリザードマンに不利なため。

ふーん、騎士団長の名前はサントルっていうのか。

参加者の定員九十名って、ロワールの冒険者たちだけじゃギリギリな数だろうな。それに騎士団を加えて、こちらの戦力は百八十人ぐらいか。

そういえば、リザードマンは水属性で火属性攻撃魔法が効きにくいんだよな。風、土、氷魔法の効果が高かったはず。

皮も硬く刃が通りにくかったな。顔を狙った後、隙をついて関節や内側の柔らかな部位を狙い、行動を制限してからとどめを刺すのが定石《じょうせき》だったかな。

依頼書を読みながらいろいろと考えていると、二階の執務室からクレマンが現れた。

「受付を済ませた冒険者は、西門外にいる騎士団と合流してくれ。全員集まり次第、西の平原に向かう。レンジャーによる偵察を行い、残った者で拠点構築を行う。アイテムバッグ所持者には別で報酬を用意するので資材の運搬を頼む」

そうテキパキと指示するクレマンだが、あの顔は寝てないだろうな……

俺たちは臨時のパーティー申請をするのに加え、緊急依頼を受けるために受付へ行く。

それと、アイテムバッグ持ちがいると申告して、拠点を築く資材を預かる予定だ。

その時クレマンがリタに近付き、耳打ちした。

「師匠、少しお話が」

リタはクレマンに案内され執務室へ向かった。

どうしたんだろうな？

◆

「何？　クレマン。これから討伐しに行くから忙しいのだけれど……」

「師匠、まだランクアップはなさらないので？」

クレマンはリタのランクタグを見ながら言う。

「私は今のままが気に入ってるの！」

「しかし、以前の集落討伐時に、ゴブリンキングをお一人で倒したと聞いています」

「知らないわ」

「調べはついていますよ、師匠……」

「あ〜、うるさいうるさいうるさい！　証拠は？　証拠を出しなさいよ！」

「キング種をソロで討伐なんて、問答無用でミスリルランカーですよ！　報酬だって跳ね上がりますし……」

「その代わり、面倒臭い指名依頼や貴族の相手をしなければならないわね！　それにあの時はたまたま奇跡的にあの場にいただけよ。しかも私はものすごく機嫌が悪かったの！　それにボスはジェネラルだって報告したじゃない？　部位証明だって渡したわ！　ランクアップは絶対に嫌！」

「しかし、ギルドとしてもミスリルランカーは少なく、依頼が滞ってまして……昨日のバカ騎士にしたって、ミスリルランカー相手であればあんな暴言は吐かなかったはずです。今回の集落討伐も、師匠がミスリルであれば、指揮権は冒険者ギルドに……」

「クレマン、これ以上うるさく言うと凍らすわよ」

「も、申し訳ございませんでした………」

「もう二度と言わないでね」

リタに睨まれて、クレマンは黙ってしまった。

リタはバンがギルマス殺しをしてしまった時、自分がなんの助けにもなれなかったのにいらついていた。

その時たまたまゴブリンの集落を見つけ、思いっきり氷魔法を放ったところ、偶然ボスであるゴブリンキングも倒していたのだった。

ランクアップが嫌なので、なんとかゴブリンジェネラルだったと誤魔化してはいるが、クレマンにはお見通しである。

だがリタには、それでもランクアップが嫌な理由があった。

（指名依頼も貴族の相手も嫌。何よりランクアップはバンと一緒じゃなきゃ絶対に嫌よ。バンは引退を口にしたけど、今だって冒険者と乗合馬車を兼業しているようなものじゃない。つまり、まだ望みはある！　ボウモアも巻き込んで、バンと一緒に冒険者をやる夢を叶えるんだから♪）

ため息を吐くクレマンの横で、そう考えるリタだった。

◆

俺――バンは、ニールを迎えにいったん宿へ戻ることにした。

ちなみに護衛三人は、受付でリザードマン討伐のレクチャーを受けるらしい。

宿に着くとすぐ厩に行き、ニールに声を掛ける。

「ニール、待たせたな」

「ブ～ル～ル～（お～そ～い～）」

「悪かったよ、ごめんな。今日からリタとしばらく一緒にいてくれよ」

「ブルル～？（なんで～？）」

「俺は戦闘で前に出る。お前にはリタを守ってほしいんだ。頼めるか？」

「ヒヒーン！（任せて～！）」

撫でながら理由を話すと、ニールが鳴き声で返事をした。

「頼むぞ、ニール」

最後に首を軽く叩きながら頼み、見つめ合う。

前からなんとなくお互いの感情が伝わる感覚があるが、昔に比べ、よりハッキリ意思が分かるようになってきたと思う。

ニールの食事を片付け、厩から出して鞍と鐙を装着して跨がる。

「さてと……行くか、ニール」

「ヒヒーン、ブルル～♪（悪い奴ら、やっつける～♪）」

ニールに跨り西門から出ると、すぐ側に討伐に参加する騎士たちと冒険者たちが集まる場所があった。

冒険者ギルドの職員は制服を着ているので、一目で分かり声を掛ける。

「討伐隊の集合場所はここか？　俺はアイテムバッグ持ちだが、荷物はあるか？」

「はい、こちらです。ありがとうございます、助かります」

案内されると、そこには討伐のための拠点を構築する素材が積まれていた。

職員の指示を受け、収納して広場に戻ると、護衛三人と冒険者三人が話し合っていた。

あの冒険者たちは……

「待たせたな。今資材を受け取ってきた。それでこいつらは？」

そう思いつつも、まず護衛三人に声を掛ける。

「あっ、バンさん！」

「お疲れさまです」

「お疲れさまっす」

「「「お疲れさまです。先日は申し訳ありませんでした」」」

アンが俺に気付いて、ドウとトロワが挨拶した後、冒険者たち――先日アンに絡んでいた三人のチンピラたちが挨拶と謝罪をしてきた。

たまたまアンと出くわして謝罪し、ドウとトロワにも謝ったそうだ。

その時の言い訳が……

「アンちゃんがとてもかわいかったから……」

「可憐で守ってあげたくなってしまって……」

「一緒に食事でもして、お近付きになりたくて……」

という、褒め殺しみたいなものだったらしい。

ドウとトロワは大爆笑したようだ。

一方で、アンはこんなに褒められたのは初めてだったみたいだ。

「バンさん、これがモテ期？　モテ期ってやつですか？　ムフフフフ♪」

そう言って上機嫌だったが……アン、単純だな。

それはともかく、謝ってきた冒険者三人に言う。

「俺は気にしてないから、お前たちももう気にするな。これから討伐だが怪我はないか？」

「ポーション飲んだんで大丈夫です。頭と肝《きも》は冷えましたが、ははは……」

三人は同郷の友人でパーティーを組んでる冒険者で、ロワールを拠点に稼いでいるらしい。

「ガイです、リーダーでレンジャーやってます」

「オルテです、魔法剣士やってます」

「マシュです、重騎士やってます」

「「「パーティー黒三星です。改めてよろしくお願いします！」」」

そう自己紹介してきた。

案外素直でいい奴らじゃないか。パーティー名はいまいちだが……

「バンだ。こちらこそよろしくな」

そうこうしているうちに、リタもクレマンと共に現れた。

「お待たせ。ニール、よろしくね」

「ヒヒーン、ブルル～（絶～っ対、守るよ～）」

ニールも気合が入っているようだ。頼もしい限りだな。

リタを引っ張り上げ、ニールに乗せて俺は降りた。

その時、一人の騎士が大声を上げて、全員の注意を引く。

「注目！　みんな静かに。騎士団長と冒険者ギルドマスターからの挨拶がある」

長くなるかと思ったが、挨拶はすぐに終わり、部隊分けが行われた。

三部隊編成で右翼、中央、左翼と展開し、三方向からの同時攻撃をする予定らしい。

俺たちは右翼で、黒三星も一緒の部隊となった。

「すまない、少しいいだろうか？」

部隊分けが終わると、そう言って一人の騎士が馬に乗って近付いてきた。

「右翼部隊の指揮を務める副団長のトゥーだ。昨日は部下が本当に申し訳なかった。そして今回の討伐参加、本当に感謝する。正直助かるよ」

家名を名乗らないってことは、貴族じゃないのか？

謝罪と感謝をされ、こいつは信用できそうだと思う。

「もう済んだことだ。二度目はないがな……」

「ははは……あのバカ、ただの伝令で冒険者ギルドに行っただけなのに、貴族の義務や騎士の名誉を履き違えやがって。迷惑をかけたな。約束通り、奴は中央の最前列で先行偵察をする予定だよ。無事報告に来るかは分からんがな！　はっはっはっ」

あのバカ騎士、同僚にも嫌われていたのか……

「それでは、出発」

その直後、号令がかかり、俺たちもみんなと共に西の砦へ向かった。

◆

ロワールの西の森。

「クソ！　クソ！　クソ！　なんで私が偵察など……」

「騎士様、待ってくださいよ！」

「そんなに音を立てて草木をなぎ払っていたら気付かれますぜ！」

「うるさい！　うるさい！　うるさい！」

ヒューーー、グサッ。

「がはぁっ！　た、助け……」

先行偵察を命じられた問題を起こした騎士と、シルバーランカーの冒険者二人は、リザードマンの斥候と遭遇した。

気配はあったが、バカ騎士が剣を振りまわし、草木をなぎ払っていた音で気付くのが遅れた。

そして、騒いで目立っていたバカ騎士は、リザードマンの投げ槍の標的となり貫かれてしまった。

「おい、どこから槍が飛んできた？」

「正面奥からだ。向こうはまだ四、五匹ってところだな。俺たち二人も狙われている。このままだと囲まれちまうぞ？」

「全速で後退だ。向こうから打って出てきやがったのは想定外だ……」

「ああ……気付かれてたのか。これはまずいな。俺は右翼部隊、お前は左翼部隊を目指して同時に走るぞ」

「分かった。生き残ったら俺……あの子に……」

「バカ！　やめろ。いくぞ、3、2、1……今！」

冒険者は二手に分かれ、相手がこちらに攻めてきた情報を持ち帰るため必死で逃げる。

二手に分かれたのは、どちらかが必ずたどり着かなければならないからだ。

すでにリザードマンたちに気付かれてしまっている。このままでは、討伐隊も先手を打たれ、多くの犠牲が出てしまう。

◆

右翼部隊に配属された俺——バンは、ロワール河近くの西の砦の中で待機している。

砦には昨日の昼すぎに到着し、柵や堀を新たに作ったり、古いものを補修したりしている。

今はレンジャーたちを森に斥候として放ち、報告を待っている最中だ。

ちなみに左翼部隊は森と平原の境に陣を張り、中央部隊は平原の真ん中に特設拠点を構築した。

ところで、砦で伝令を頼んできたウエスと騎士団のトゥーは、ウエスの役職が部隊の副隊長、トゥーが騎士団の副団長だった。二人は似たようなポジションであるせいなのか、顔馴染みだったらしい。

砦の準備の間に俺たちは仲が深まり、今ではお互いに呼び捨てで呼び合うまでになっている。

「しかしあの時にバンがいて助かったぜ♪　こんなに早く討伐隊が来てくれるとはな」

「約束通り酒を一樽もらうぞ、ウエス」

「なんだなんだ？　酒の話か？」

「「トゥー、お前には関係ない」」

「二人してそんなつれないこと言うなよ……」

「「「はっはっはっはっはっ」」」

そんな風に三人で笑い合う。

同世代でヒューマンの友人は久しぶりだ。作戦前だというのに、なんだかんだとバカ話をしていた。

その様子を見て、アンがリタに言う。

「リタお姉様……なんか緊張感がないですね……」

「まだリザードマンが現れてもいないのに、気負ってても仕方ないからね～」

「それはそうなんですが……」

「大丈夫よ。それよりも黒三星の三人だったら誰がタイプなの？　モテモテのアンちゃん」

「え～、そんな～。いないですよ～。初対面の印象が悪すぎて考えられないです～～～」

「それもそっか」

「「うふふふ♪」」

アンとリタも楽しそうだな。

周りもあまり緊張していないようで何よりだ。

だが、和やかな雰囲気の中、突然緊張が走った。

先行偵察に行っていた奴が帰ってきて報告をしたらしい。

「急報、斥候が戻りました。リザードマンは集落から打って出て進攻を開始。おそらくロワールの街へ向かっているようです」

「何？　攻めてきただと？　こちらの行動を知られていたということか？　しかし、それでもこちらに攻めてくるなど……」

報告を受けたトゥーが悩んでいる。

俺は経験から推察して、端的に話す。

「トゥー、残念だが知能の高い上位種がいると起こることだ」

「本当か？」

「ああ、本来の氾濫災害は、魔物や魔獣の大量発生による飢餓が主な原因だ。集団でただ突っ込んできて何もかも食い散らかす。だが、今回は集落の規模からしてそういうわけではないと思う。知能の高いボスがいると、仲間を指揮して、集落を守るために打って出ることがある。その間に集落のメスや幼体を逃がすんだ。囮《おとり》というか、時間稼ぎだな。隙をついて強襲してきたり、罠《わな》まで誘導したりと、俺たちと変わらないことをしてくるぞ」

「それほどか！　面倒な……」

全員が深刻な顔をし、対策を考え始める。

おそらくもう集落にリザードマンの奴らはいない。

しかし、どれぐらいの数で攻めてきたのか？

ボスはもしかしたら、キングの可能性だってあるかもな……

そう考えていると、さらにレンジャーから伝令が入ったようで騎士団の一人が伝えてくる。

「騎士団長より伝令。中央部隊は防衛しながら後退し、森からリザードマンどもを引っ張り出すそうです。ボスと思われる上位種が出てきたところで、左右から包囲しこれを殲滅《せんめつ》せよとのこと」

なるほど、こちらの土俵まで引っ張り出してから狩るということか。

しかし、防衛する中央部隊の負担がかなり大きいな。

「すまない、簡単な地図を持ってきてくれ」

トゥーが部下に周辺地図を持ってこさせる。

地図が届くと机の上に広げ、その上に部隊に見立てた駒を置く。

トゥーは駒を動かしながら、ここにいる者たちに作戦を告げる。

「説明するぞ。まず中央部隊が一度前進して森と平原の境界線まで行き、リザードマンと戦闘を開始する。そして徐々に後退しながら、森からボスを引っ張り出す。出てきたところを左右から挟撃《きょうげき》し、そのタイミングで中央も後退をやめ前進するんだ。出撃指示は俺が出す。注意してもらいたいのは、絶対に先走らないことだ。左翼と右翼を繋いだラインをボスが越えるまで我慢してくれ。たとえ中央部隊にどんなに犠牲が出てもだ。これは命令だ。守れない者はその場で俺が殺す」

トゥーの言葉で緊張感が最高潮に達し、みんな口をつぐんだ。

トゥー本人も両拳を握りしめ、俯いた姿勢のまま話していた。

その時突然、ドアがノックもなしに勢いよく開かれ、兵士が焦った表情で入ってくる。

「何事だ？」

「見張り台より報告。ロワール河より魔物に乗ったリザードマンたちが上陸してきています。数は五から六匹。中央に上位種を確認しました。それと同時に森からリザードマンたちが現れ始めました」

「なんだと！　くそ！　魔物を侮《あなど》りすぎた！」

兵士の報告を聞き、テーブルに拳を叩きつけるトゥー。

「どうする？　副団長殿」

俺はトゥーに指示を仰いだ。

時間が惜しい。対応が遅ければそれだけ被害が出てしまう。

「俺たちの右翼部隊を、河から出てきたリザードマンの別動隊の討伐部隊と、もとの作戦通り左翼部隊と共に森から出てきたリザードマンを挟撃する部隊とに分ける。河からのリザードマン別動隊については中央に報告し、援軍を頼め。左翼からじゃ間に合わね～」

「はいっ！」

トゥーの言葉に返事をして、兵士は急いで外で待機している伝令にその言葉を伝えに行く。

別動隊を討伐、またはしっかりと足止めできなければ、右翼部隊は挟み撃ちにされてしまう。もしくは、中央部隊が後方から攻撃されかねない。

どう分けるつもりだ？　トゥー。

黙って指示を待っていると、リタが口を開いた。

「右翼部隊の指揮に副団長、砦の守備に副隊長……となると、別動隊はバンかしら♪」

ちょっ、ちょっ、ちょっと待てよ～～～。

なぜ俺なんだ？　リタさんや。

「それが妥当か……」

トゥーも納得するなよ！

ウエスも期待を込めた目で見るんじゃない！

「真面目な話よ。精霊たちが教えてくれたわ。別動隊はケルピーに乗馬していて、全部で数は五。

そしてボスはリザードジェネラル」

ケルピーか……

ケルピーは馬型水棲魔獣で、水魔法を操り、機動力もある。

リザードマンはケルピーを使役《しえき》し、河を遡ってきたようだな。

「作戦変更よ。足場は私が魔法で用意するから、バンがニールに乗って別動隊のボスを倒してよ。メンバーは身軽な冒険者たちと私、それに魔法使いでいいかしら」

軽く言ってくれる。

しかも、班編成まで決めてるし……

「分かった。メンバーはリタ殿にお任せしよう。頼むぞ、バン」

トゥー副団長様？

どんどん話を進めてますが、俺の意見は聞かんのか？

そんなこんなで、いつの間にか俺が別動隊の討伐をすると決まってしまっていた。

仕方ない、ニールと一緒に頑張るかあ～。

7話　討伐開始

護衛三人には、左翼との挟撃部隊に参加してもらうことになりいったん別れた。

まだ別動隊との戦闘には実力が足りないと、俺とリタは判断したからだ。

その代わりに、俺は黒三星を誘った。

「「「頑張ります！」」」

誘われたのが嬉しかったらしく、三人はとても張りきっている。

そして、リタが声を掛けた冒険者二人とも合流した。

「シュガーです。よろしくお願いします」

「ソルトだ………」

シュガーはハーフドワーフの青年で魔法剣士。火と風の魔法を使うそうだ。

ソルトはハーフエルフの女性で魔法剣士。水と土の魔法を使うらしい。

コンビを組んでいるシルバーランカーの冒険者だ。

二人ともロングソードとショートソードを使う双剣士で、魔法も得意らしい。

「すみません、こいつ無口で……」

「気にしないでくれ」

俺たちとの会話は、すべてシュガーが行っている。

ソルトは名前通り塩対応なのだろうか？

まあいろんな奴がいるんだろう。

こうしてリザードマン別動隊のメンバーを集め、俺たちは左手に森、後方に砦という位置で矢じり型に陣を敷いた。

待ち伏せにはちょうどいい。

河に向かって、リザードジェネラルたちを待ち構える。

「来るわよ……」

リタの声で全員が武器を構える。

俺は槍をかついで身体強化をし、投げる準備をした。

リタは詠唱《えいしょう》を始め、ニールは周りを警戒する。

「リタの魔法が発動したら俺が槍を投げる。それが戦闘の合図だ」

みんな俺の言葉に無言で頷き、リザードマンたちが現れるのを待つ。

引退を口にした俺だが、昔冒険者をやっていた時の高揚感を覚える。

まだ諦めきれないのか？

いや、今だけでただの勘違いだろう……

「氷の華《はな》よ咲き誇れ、フロストフラワー！」

その時リザードマンが出現し、リタが上級氷魔法を放った。

河の上に巨大な魔法陣が現れ、水面に雪の結晶が花畑のように広がる。

冷たさを帯びた風がこちらに吹いた。

河がピキピキと音を立てて徐々に凍りつき、ケルピーたちの自由を奪う。

ケルピーに乗馬しているリザードマンたちは、魔獣の骨で作った槍で必死に氷を割り始めた。

しかし、魔法で気温が下がったせいか、動きがだいぶ鈍い。そこはトカゲと同じだな。

俺はリザードジェネラルたちの先頭に狙いを定め、身体強化し、力いっぱい槍を投げた。

「ふんっ」

「ピーーー」

「グガッ……」

槍はケルピーの首を貫通し、乗馬していたリザードマンにまで刺さる。

まずは一匹。

「仕掛けるぞ」

「「おう」」

奥にいる二匹にシュガーとソルトが向かい、手前の一匹に黒三星が向かう。

「ニーーール！」

「ヒヒーン（はーーい！）」

俺は残りのリザードマンたちを見据え、大声でニールを呼ぶ。

ニールはいななきながらこちらに駆けてきた。

リタは怠《だる》そうにマナポーションを飲んでいる。

流石にこの範囲の上級魔法はきついか……

俺はニールに飛び乗って大剣を背中から抜き、もう片手の手で手綱を握る。

そして相手一団の中でひときわ大きい、冒険者から剥ぎ取ったらしき防具をチグハグに装備したリザードマンに突っ込んだ。

おそらくボスはこいつだろう。

古びた巨大な両刃斧を、片手で軽々と持って振りまわしている。

あの大斧は脅威だな。狙うか……

手綱を離し、大剣を両手で構えて膝を締める。

すると、ニールはより加速していく。

「流石だ、相棒」

「ブルル（いくよ）」

俺の考えが分かったかのような行動を褒めると、ニールは気合の入った鳴き声を返してくる。

直後、リザードマンも俺を標的にし、駆けてきた。

水面の氷を砕き、後ろに巻き上げながらニールも加速していく。

そして……

ガキーーーーーーーン。

お互いの武器がぶつかる。

俺は身体強化に加え、ニールのスピードの勢いを乗せた全力の一撃を放った。

ものすごい音が辺りに響く。

最初の一撃で武器破壊を狙ったのだが、成功した。

相手の斧が欠けたのだ。

だが、反動でお互いに後方に飛ばされ、距離ができた。

ニールはすぐに踏み止まり、相手のケルピーを睨みつけて、やる気満々で足を踏み鳴らす。

しかし、ここで思わぬ誤算が起こる。

斧の破片がリザードジェネラルの頭部に深く刺さり、目の光が消えている。

運がよかった。斧に当たって死んだんだな。これで討伐成功だな……

しかし、リザードジェネラルを乗せているケルピーはまだ気付かないようで、ニールを睨みつけている。

ケルピーよ、お前の主はもう死んでいるぞ。

周囲を見ると、他のメンバーもリザードマンの討伐を終えていた。

黒三星たちは苦戦したみたいだが、リタが手助けしたおかげで倒せたようだ。

そして黒三星たちが、息のあるケルピーにとどめを刺していく。

俺たちがリザードジェネラルの死体を乗せてるケルピーと対峙し続けていると、リタがこちらに駆け寄ってきた。

そしてニールに飛び乗り、俺の後ろに腰を下ろす。

「どうしたの？　ケルピーにとどめは？」

「いやな……あのケルピー、乗せてる主が死んでるのに気付いてないらしくて。まだやる気なまま指示を待ってる感じなんだよ」

「えっ？　気付いてないの？」

「たぶん……」

「ブル……（うん……）」

リタはそれを聞き、精霊に願う。

「水の精霊たち、お願い。あのケルピーに主が死んでることを伝えてちょうだい」

その直後、精霊からの言葉を聞いたのか、ケルピーが鳴き声を立てた。

「ピピピーーー!?」

ケルピーはあんな高い声で鳴くのか。

ケルピーはこちらへと向けていた敵意をなくし、少し慌てている様子だ。

そして、自身に乗馬している主に目をやると、前足を高く上げ、リザードジェネラルの死体を振り落とした。

その様子を見て、リタが言う。

「精霊たちによると、ケルピーたちは襲われて使役されてたらしいわよ。その時にリザードマンにあの子たちのボスが殺されちゃったみたいね……」

なんだ、こいつらも被害者なのか。

「バン、お願いがあるんだけど……」

「どうした？」

「あのケルピー、殺さないで私にちょうだい」

「別に構わないが……従魔にできるのか？」

「ケルピーは魔獣だけど、水の精霊の眷属《けんぞく》なの。精霊と仲良くやってる私なら、従魔にできるかなと思って」

なるほど……いいんじゃないか？

あのケルピー、能力が高そうだしな。

ちゃんと契約して大切に育てれば、リタを守ってくれるだろう。

リタは俺の後ろでニールの背に立ち、風魔法でふわりと飛び上がる。

そして、ケルピーの目の前に優雅に着地した。

「あなたも大変だったのね。もしよかったら私と一緒に旅をしない？　衣食住を用意してあげる。そのうちパートナーも探してあげるわ。どうかしら？」

「ピピピ～～～♪」

リタが声を掛けると嬉しそうに鳴くケルピー。

「あらそう、嬉しいわ♪　名前はどうしよう？　う～～～ん、原初の海神の名から取って『ティア』はどう？　同じ女の子同士仲良くしましょう」

「ピッピッピー」

「気に入ってくれたのね。それじゃ、早速乗せてくれる？」

リタは、あっという間にケルピーを従魔にして乗って帰ってきた。

流石だな……ていうか、雌だったのか。

その後、俺たちはそれぞれにリザードマンたちの死体を回収した。

黒三星以外はアイテムバッグを持っていたので問題なかった。

それ以外のリザードマンは、とりあえずリタが自前のアイテムバッグで収納してくれた。

回収が終わった時、砦の向こう側から大勢の走る音と叫び声が聞こえた。

左右両翼からの挟撃を始めたみたいだな。

「リタ、俺たちも援軍に向かうか？」

「そうね、少し距離があるけどティアに乗ってるからいいわ。行くなら中央に向かった方がよさそうね。これ以上の被害を出さないためにも……」

「そうだな……いくぞ、ニール」

「ヒヒーン（いくぞーー）」

「頼むわね、ティア」

「ピピーーン」

こうして俺たちは一緒に、中央部隊へニールとティアを走らせた。

◆

中央部隊八十名は、作戦通りにリザードマンたちを森から引きずり出していた。

しかし、予想以上の被害が出て攻め込まれている。

八十名のうち、戦線離脱者は四十名。そのうち、死者十三名。

残り四十名中の十名は回復や手当てに回っており、現在三十名で踏ん張っているのがやっとだった。

「騎士団長、右翼と左翼の攻撃が始まりました！」

「よし、これで後方のリザードメイジを討伐し、押し戻せるぞ。もう少しだ、踏ん張れ！」

騎士の一人が知らせると、騎士団長の前線への号令が飛ぶ。

「どんなことがあってもここは抜かれてはならん」

「「「おう」」」

冒険者ギルドマスターのクレマンも参戦している。

魔力は枯渇《こかつ》寸前だが、リザードメイジの魔法をうまく相殺《そうさい》して援護していた。

そして騎士団長に続き、冒険者たちを鼓舞する。

しかしその時、三体のリザードナイトが前線を突破し、クレマンに突っ込んできた。

「くそっ。すまない、抜かれた！」

「ギルマスを守れ！」

騎士団長がリザードナイトの槍を剣で受け止めながら叫ぶ。

クレマンの周りにいた冒険者たちは彼を庇《かば》うように前に出た。

二体は足止めできたが、一体がクレマンへと近付き槍を構える。

クレマンはとうとう疲労と魔力の消耗により膝をつく。

クレマンは自分を狙うリザードナイトを睨みつけ、最期を覚悟した。

しかし、その時は訪れなかった。

「はぁぁぁぁぁぁ！」

「グルル？」

気合の入った大声が響き、それに反応してリザードナイトが左を向く。

「アースウォール」

続いてリタの声がし、クレマンの目の前に土魔法の壁が現れる。

ズサッ。

「グガッ…………」

壁の向こう側で、硬い何かを切り裂いた音と、リザードナイトの断末魔の叫びが聞こえた。

クレマンが呆然としていると、いつの間にか側にいたリタがクレマンの肩を叩く。

「クレマン、よく持ちこたえたわね。早くポーションを飲みなさい。そして騎士団長に後退するよう伝えて」

「師匠！」

「さあ早く、急いで。バンの剣に巻き込まれるわよ」

「はい！　騎士団長〜、少しだけ後退を！」

「全員一時後退、離れろ！」

騎士団長の指示で、前線で戦っていた者たちがリザードマンたちとわずかに距離を取る。

その直後、壁から馬に乗った黒い戦士が現れ、リザードマンに襲いかかる。

「うぉぉぉぉぉーーー」

ザシュッ、グサッ、ズブッ！

ザシュッ、グサッ、ズブッ！

「なんだ？　あの強さは……」

「すごい速さだ、道ができていく……」

「まるで疾風に巻き込まれて切り刻まれていくようだ……」

◆

俺――バンが中央部隊の援護に行くと、クレマンが襲われていた。

すぐに声を上げてリザードナイトの注意を引き、リタがクレマンを庇うように馬上からアースウォールを唱える。

その後ニールを加速させ、リザードナイトの首をはねた。

そして、前線がクレマンと騎士団長の指示で少しだけ後退した瞬間、その隙間に突撃した。

手綱を離し、右手に大剣、左手に槍を構え、それぞれ交互に、時には同時に、リザードマンたちに向かって振りまわす。

ニールも加速の勢いのまま体当たりをし、前足で蹴り飛ばし、踏み潰し、噛みついて放り投げ、道を切り開く。

いつの間にか俺たちはリザードマンたちを突っきり、中央部隊の後ろに控えていた右翼部隊と左翼部隊の前まで来ていた。

俺は大声で冒険者と兵士たちに状況と指示を告げる。

「中央部隊はかなり厳しい、時間がない。挟み込みは終わりだ。全員一気に畳みかけるぞ」

「「「おう」」」

全員が一斉に声を上げる。

「あの黒い影に続け～」

「バンとニールに続け～」

続いて左翼の指揮官と、右翼の指揮官のトゥーが大声で指示を出した。

「「「うおぉぉぉ」」」

みんなが叫びながら俺たちの後をついてくる。

「もう一度いけるか？　ニール」

「ヒヒーン（いくよーー）」

ニールに声を掛けて、再度リザードマンたちのところへ突撃する。

左翼部隊と右翼部隊が、固まって俺たちの後ろに続く。

馬上から中央部隊に目をやると、部隊全体がアースウォールで包まれ、大きな石のドームのようになっていた。

流石リタだな、頼りになる。

こうして俺たちは、ボスを失ったリザードマンの討伐を始めた。

日が暮れ始める頃、リザードマンたちの殲滅が終わった。

負傷者たちの手当てやリザードマンたちの解体は、後からやって来た他の部隊に任せ、戦闘をした俺たちは疲れきった体で街へと戻り、冒険者ギルドの扉を開いた。

ギルドでは祝勝会が開かれた。

領主からの配慮で、たんまりと酒樽が届いており、それを目にした冒険者たちは、目の色を変えて飲み始める。

とても賑やかに、お互いの健闘を称え合っていた。


そんな中、俺とリタは、いったんニールとティアを宿の牧場まで連れていった。

世話をした後、改めてギルドに行くと、すぐにギルマスのクレマンに呼ばれる。

それから執務室で三人、のんびりとジョッキに口をつけながら話をしている。

「師匠、バン殿。今回は本当にありがとうございました」

「私よりバンに感謝しなさい。彼が受けなければ私は受けなかったんだから」

「いや……俺は別に……」

リタに言われて困っていると、クレマンが頭を下げてくる。

「バン殿、本当に感謝しています」

「いや、ギルマス。俺に敬語はやめてくれ」

「そういうわけには……あなたがこの討伐の主役です。それに師匠の……」

クレマンの話の途中で、ノックの音が聞こえる。

「失礼します。行商人のコバ様がいらっしゃいました」

「どうぞ、通してくれ」

ドアが開くと、コバさん一行に加え二人の商人らしき男性が入ってきた。

同時に一階の騒ぎ声や、肉や魚料理の美味そうな匂いも漂ってくる。

「お邪魔のようだから、私たちも食事に行くわ」

「そうだな、コバさんたちはこれから素材の受け渡しですよね？」

リタに続いて腰を上げ、コバさんに尋ねた。

コバさんたち行商人四名はとてもいい笑顔だ。

「これはこれはお二人とも！　大活躍だったらしいですね。そして大量のリザードマンの上質な素材が納入されたとか。やはりお願いしていて正解でした。待った甲斐があるというものです」

コバさんと軽く言葉を交わし、食事にありつこうと執務室を出ようとすると……

「師匠、バン殿。今回の討伐でランクアップできますが、いかがいたしましょう？　騎士団も冒険者ギルドも、ケルピーに乗馬したリザードジェネラルは上位種キング相当と判断いたしました」

クレマンの言葉にその場にいたみんなが驚く。

しかし、俺が一番驚いた。あの斧に当たって死んだジェネラルがボス級だと？

それはいくらなんでも……

大体、引退を考えている俺が今更ランクアップなんて。

貴族や豪商との関わりも面倒だしな。何より、このままニールを戦いに出したくない。

いろいろ考えて、俺の答えは決まった。

「ギルマス、ランクアップはしないでくれ。この歳でいろいろと面倒事が増えるのはごめんだ。それに今の仕事も気に入っている。このままニールと一緒に乗合馬車の馭者を続けるよ」

「そうですか……分かりました。無理にとは言いません。しかし、今回の討伐は本部に報告させていただきますので、もしなんらかの依頼があれば、引き受けていただけるとありがたいのですが……」

「それはゴールドランカーまでの依頼なら考えるさ。でも俺はあくまでも馭者が本業だからな。あまり無茶を言ってくれるなよ。ははは……」

「はい、それも重々伝えておきます」

クレマンにそう伝えて執務室を出ると、リタが顔を覗き込んできた。

「バン、本当によかったの？」

「ああ、俺は今の仕事も生活も気に入っているし、冒険者の頃のような気持ちはもうないさ」

「本当に？」

「…………」

リタに再度尋ねられて、すぐに言葉が出ない俺がいた。

「ねぇ？」

「……本当だ」

それでも今の生き方がいいと答える。

あの戦闘での高揚感は、たぶん気のせいだと自分に言い聞かせながら。

「それより腹が減ったから、さっさと食事に行こう」

「……そうね、私もお腹すいちゃった♪」

一階のホールに行くと、すでにみんなできあがっていた。

護衛の三人や黒三星、シュガーとソルトの姿が目に入る。

早速テーブルに並んでいる料理に手をつけようとすると……

「やっと主役のご登場だぁ～」

「「「おお～！」」」

酔っ払った黒三星リーダーのガイが隣に来て、俺の右手を持って掲げながら、周りに叫んだ。

それに反応して冒険者たちが声を上げ、注目を集めてしまった。

俺の肉が……

ガイの行動で掴んでいた肉を落としてしまった。

と思いきや、その肉をリタが素早く皿で受け止め、俺に見せつけるように口に運ぶ。

俺も早く食いたい……

リタを羨ましく思いながら見ていると……

「黒き疾風、流石でした。助かりましたよ」

「疾風、あの従魔はいつごろ？」

「黒いの。これはワシの秘蔵の酒じゃ」

と、いろんな奴から話しかけられた。

感謝されたり質問されたり、酒をつがれたり、できたての料理を持ってきてくれたり、なんだか至れり尽くせりだ。

しかし『黒き疾風』ってなんだ？　と思っていたら……どうやら俺の二つ名が変わったらしい。

まあ以前のよりはいいか。

これもニールのおかげだろう。もちろんリタにも感謝している。


しばらくして夜も遅くなり、祝勝会もそろそろお開きかと思っていると、ギルドの入口の扉が開く。

騎士二人が入ってきて扉の両側に立つと、その後から豪華な服を着た中年男性が、ゆっくりとした足取りで入ってきた。

「おい、あの方は……」

「ああ……」

冒険者たちが小声で確認し合い、みんなで跪いて迎える。

どうやら貴族様のようだ。

俺とリタもそれに従って膝をつこうとすると、貴族様が口を開く。

「突然申し訳ない。私はこのロワールの領主代行、バランタイン・ファイネスト子爵《ししゃく》である。みんなかしこまらず楽にしてくれ」

この人が領主……じゃなく、領主代行様か。

線も細いし賢そうな顔をしている。武官でなく文官なのだろう。

いきなりやってきて驚いたが、俺たち冒険者を見下した感じもなくて、面倒事にはならなそうだ。

「あー、今回はここにいる者たちのおかげで……」

しかし子爵が話し始めると、挨拶から感謝の言葉、騎士が起こした事件の謝罪と続き、かなり話が長い。

長すぎて、みんな眠くなってきた。

討伐の疲れに加え、酒や食事の後の長話はきついものがある。

あっ……護衛の騎士の一人が膝から崩れ落ちそうになった。

もう一人の騎士も、その音に驚き目を力いっぱい開いているが、その目は赤く血走っている。

冒険者たちも慌てて目を開けたり顔を上げたりしているが、拷問のようになってきた。

しかし領主代行の話は終わらない……と、その時、クレマンが慌てて二階の執務室から出てきた。

気持ちよく話している本人以外の全員が、縋るようにクレマンを見た。リタ以外は……

「お話し中のところ申し訳ございません、バランタイン様。討伐にあたった者たちはみんな疲れているので、今日はもうこのぐらいで……」

英雄が現れたとみんなが思った。

護衛の騎士たちさえ、尊敬の眼差しでクレマンを見ている。

「これはすまなかった！　ギルドマスターの言う通りだな。それではまた後日にでも……皆、大儀であった。失礼する」

そう言い残してバランタイン子爵は去っていった。

みんなは「また後日にでも……」という言葉に少し不安を抱いたまま、それでも辛い状況から救ってくれた冒険者ギルドマスターのクレマンを尊敬し、感謝の言葉を掛けようとすると……

「遅いのよ。さっさと来てあの長話を終わらせなさいよ、クレマン」

リタがやってきて、クレマンに当たり散らした。

かなりご立腹のようで機嫌が悪いが、無理もないとも思う。

どうやら、リタが精霊を使ってクレマンに話が長いと伝達したが、すぐに来なかったから怒っているみたいだ。

でもそれは仕方がないだろう。クレマンはコバさんたちとの商談の最中だったのだから。

そう思っていたら、クレマンも似たような言い訳をする。

「申し訳ございませんでした、師匠。商人たちとの交渉が長引いて……」

「あの貴族は周りや部下に気を遣えない奴だから、いろいろと問題が起こるのよ。駄目ね、たぶん領主代行は代わるわね」

「でしょうね。今回の件は王都のギルド本部に通達済みですので、時間の問題でしょう。悪い方ではないのですが、どうも周りが見えてなくて……」

しかし二人の会話には遠慮がないな。

俺も同意はするが、わざわざ声に出して話さなくても。

とにかく、こうしてようやく解散となる。

家や宿に帰る奴の他に、まだギルドで飲み明かそうとする奴や、笑いながら娼館に向かう奴、部屋に閉じこもり泣きじゃくる奴、肩を落としてうなだれ仲間の墓に向かう奴と、行動は様々だった。

今回の討伐、死んだ奴がいたからな……

こういう時はいつもレオンの兄貴の言葉を思い出す。

「冒険者は職業じゃねえよ、生き方だ」

仕事という言葉だけでは納得できないことも、自分が選んだ生き方だと思えば耐えられるし、納得もできる。

それほどに冒険者とは実力主義の世界なのだ。

しかし、悲しいものは悲しいし、悔しいものは悔しい……

そんな思いを抱えながら続けていくのが辛くて、辞める奴や転職する奴もいる。

俺も辛く感じている者の一人だったが、ニールと出会い、昔の仲間たちの助けもあって、少しは前を向くことができた。

ところで、俺はこれからどうすればいいのだろうか？

乗合馬車は続けていく。これは絶対だが、リタに言われたことがいつまでも心に響いていた……

◆

宿に帰り休んだ翌朝。

俺はリタと一緒に、牧場にニールとティアを迎えに行った。

「おはよう。昨日はお疲れさま、ニール」

「ブルル～（おはよう～主）」

ニールに挨拶をして、ブラッシングをしながら桶を出し、朝食を与える。

「ブルル～？（どうしたの～？）」

ニールが少し心配そうに顔を擦り寄せてきた。

「ごめん、なんでもない。大丈夫だぞニール」

俺はそうニールに笑顔で話しかけ、首を撫でる。

「ブル～？　ブルルルル～♪（そう～？　ならいいや～♪）」

するとニールは桶に顔を突っ込み、モリモリと食べ始めた。

ニールにまで心配をかけてしまったか。

しっかりと気持ちを切り替えていかないといけないな……今日からまた馭者稼業だ。

食事をしているニールを見ながら、自分に言い聞かせる。


街へ戻ってからリタと別れ、俺はニールを連れて、馬車の修理を依頼した工房に出向く。

「おはよう、馬車を受け取りに来た」

「おう！　できてるぞ」

割符を渡し、馬車を受け取る。

なぜか修理以外に綺麗に塗装までされていて、かなりいい感じになっていた。

塗装は黒か……ニールが引くにはピッタリの色だ。

「昨日リザードマンの討伐で活躍したの、あんただろ？」

親父は「塗装は街を守ってくれた礼だ」と言って、すぐに他の馬車の修理に戻っていった。


馬車を受け取り宿に戻る。が、出発までにはまだ時間がある。

俺は念願の風呂に向かった。

時間は開店とほぼ同時だったらしく、一番風呂に入れてとても気分がいい。

誰もいない貸しきりのような状況。

頭のてっぺんから足の爪先まで全身を洗い、湯船に浸かる。少しだけ熱めだが最高だ。

「うっ……あぁぁぁぁ～～～」

ゆっくりと肩まで浸かると、思わず声が出てしまった。

風呂から出ると、番頭の親父が小瓶を渡してきた。

「昨日はありがとな！　これはサービスの香油だ。薄く伸ばして体に塗りな♪」

「ありがとよ」

ここは素直に感謝して受け取っておく。

親父に言われるがまま体に塗り、着替えて宿に戻った。

宿では一杯だけと心に決めて、宿の中に併設された酒場でエールを頼む。

するとなぜか、注文する前にエールが二杯出てきた。

「はいよ！」

俺は一人なんだが……

そう不思議に思っていると……

「一杯目は店からの奢りよ。二杯目が注文分さ♪」

そう言って給仕《きゅうじ》のオバ……お姉さんがジョッキを置いていった。

一杯だけと決めたはずが、すぐに覆《くつがえ》ってしまったな。

だが仕方ない。これはあくまで店側の厚意なのだから。

「あら！　ちょうどいいわね♪」

その時、なぜかタイミングよくリタが現れた。

向かいの椅子へ促すと、椅子に座ったリタは二つのジョッキに手をかざす。

リタの氷魔法でジョッキは冷気を帯び、凍る寸前まで冷たくなった。

「「乾杯」」

そう言って冷えたジョッキを軽く当て、お互いに喉を潤す。

キンキンに冷えてやがる！　悪魔的な美味さだ。

半分まで飲み干し口を拭うと、なぜかリタの顔が近い。

「どうした？」

「バン、あなた香油つけてる？」

「よく分かったな！　風呂屋の親父がサービスでくれたんで、つけてみたんだよ」

「いいんじゃない？　私はこの香り、好みよ。それに接客業なら、血生臭いより印象がいいでしょう？」

「確かにな」

「うふふ」

「はっはっはっ」

俺はリタと二人、馬車の出発までの時間をのんびりと過ごしていると、護衛の三人——アン、ドウ、トロワも隣のテーブルに座り、挨拶を交わす。

「おはよう三人とも、今日からまた王都までよろしく頼むよ」

「「「はい」」」

昨日の討伐の疲れも見えない元気な三人。

これが若さか……

ふとそんな感慨を覚えるが、俺もそこまで疲労を感じてない。

気分転換と疲労回復には、やはり風呂が効果的だったのだろう。

本当に風呂に行けてよかった♪

8話　再出発

出発予定の時間も近付き、五人で宿の外へ出る。

ちなみに、今は討伐の時の服から旅装束に着替え、武器も護身用のショートソードとナイフしか持っていない。

討伐で使った武器や鎧は、王都に着いたら手入れに出すつもりで、そのままアイテムバッグに放り込んでいる。

手入れをする気が起きないくらい疲れてたからな……

それにここから王都までは、下位の魔獣が本当にたまに出るくらいだ。騎士団の巡回が頻繁にあり安全が保たれている。

外に出て馬車の側に行くと、ニールの隣にティアがいた。

まだお互いに警戒心もあるようだが、仲が悪いわけではなさそうだ。

「ニールもティアもお待たせ」

「今日からまた馬車を頼むな、ニール」

「ブルルル～♪（任せて～♪）」

「ピピーン♪」

俺にはニールの気持ちしか分からないが、ティアもご機嫌のようだ。

「そういえば、リタは従魔登録の手続きはしたのか？」

「ええ、バンが馬車を取りに行っている間にしてきたわよ」

俺が馭者の仕事を始める時はギルドを三軒回ったが、従魔登録だけならすぐ済むのだろう。しかも、弟子のクレマンがギルマスならなおさらだな。

「おはようございます、バンさん」

リタと話していると、コバさんが本日からの客である行商人二名を連れてきた。

「はじめまして、カツと申します」

「はじめまして、レツと申します」

カツさんは色白で、レツさんはよく焼けた肌をしている。まだ若いが独立して頑張っているそうだ。

丁寧な挨拶をされ、俺もなるべく丁寧な挨拶を心がける。

「はじめまして、馭者のバンです。こちらが相棒のニールです。よろしくお願いします」

コバさんはじめ行商人のみなさんには、リザードマン討伐のことを散々感謝された。

なんでもカツさんとレツさんは、コバさんの弟子のような人たちらしい。

ある商会で修業中だったコバさんが、先輩として少年だった二人の面倒を何かと見ていたそうだ。

カツさんとレツさんには……

「これで妻に叱られないで済みます」

「本当にありがとうございました」

と、何度も涙目で礼を言われた。

リザードマンの皮は今品薄で、どこに行っても高値で売れるそうだ。

肉も淡白な味わいで調理次第では大変美味しく、主に若い女性に好まれるらしい。

行商人のみなさんと話していると、シデンさんと運輸ギルドの職員と三人の身なりのいい人たちが来た。

「バンさん、昨日はお疲れさまでした。いや〜流石ですね〜。そうそう、こちらが私の知人で王都までお世話になる文官三名です」

そうシデンさんに話しかけられた後、熊《くま》の獣人族《じゅうじん》の男性が前に出てきた。

「文官を代表して、リュウと申します。こちらはセラとミラです。本日から王都までよろしくお願いします」

金髪ショートのエルフっぽい女性がセラさん、茶髪ボブのヒューマン女性がミラさんだ。

代表のリュウさんは元武官らしい。

ロワールから王都まで出向くそうで、もともとリュウさんの知り合いであるシデンさんが俺の馬車をお勧めしてくれたらしい。ありがたいことだ。

リュウさんは簡単に自己紹介した後、続ける。

「こちらは領主代行よりお預かりしました、伝令の報酬五十万テルでございます。道の修理費などは差し引いてありますので、どうぞ遠慮なくお納めください」

「そうですか、それではありがたく……」

ボロボロにした道の修理費を差し引いても余ったらしいので、俺は素直に受け取った。

それに今更だが、一度無料にしてしまうと後々の依頼の時に面倒なことになりそうだし、もらえるものはもらっておこう。

そうこうしているうちに、ロワールからの客が集まった。

運輸ギルドからもらった予約表をチェックし、間違いなく全員が揃ったことを確認する。

客たちに馬車に乗ってもらい、護衛たちも配置につくと、リタが話しかけてきた。

「私はティアに乗って同行するわ」

「そうか……でも護衛費は出せないぞ？」

「そんなのいいわ、私が勝手についていくだけよ。それにロワールから王都までは五日ぐらいしかかからないしね。別に急ぐ旅でもないから……ティアも従魔になったことだし、いろいろと従魔師の先輩として教えてよ、バン」

「俺でよければいくらでも。お礼に飯ぐらいは出させてもらうよ」

「それは嬉しいわね♪」

そう言って笑うリタだが、精霊を通じてティアとは、俺とニール以上に意思疎通ができてるらしいがな。

リタが客から同行者という扱いになり、馬車に一人空きができた分、乗客たちにはゆったりと座ってもらおう。

俺は馭者台に乗り、手綱を握る。

そして、ニールに手綱で合図を出しながら声を上げた。

「それでは王都まで出発しまーす」

「ヒヒーン（しゅっぱーつ）」

修理後の馬車は、車輪の回転が軽くなっていてスムーズに動いた。

やっぱり修理に出して正解だったな。

サービスで塗装もしてくれて、見栄えがよくなってありがたい。

西門付近を出発し、外壁沿いに街を進んで南門に向かう。

馬車の中では、いろいろと話が盛り上がっているみたいだな。

乗客同士が仲良くなるのは助かる。揉めたりするのは面倒だからな。

やがて馬車は南門に到着し、王都まで続く街道に出た。

正午の出発になったが、目的の野営地までは余裕で着くだろう。

天気もいいし風が気持ちいい。景色も綺麗で穏やかだ。

やっぱりこの仕事は落ち着く。

少しは板についてきただろうか……

「バン、私はやっぱりお祭りのレースに出場するわ。そのために今のうちから練習しないとね」

リタはそう言って、ティアに騎乗したまま馬車の隣を走っている。

ケルピーのティアの速度も、ニールに劣らずなかなか速い。

水属性で、川や海に近い場所に生息するケルピー。

馬型の魔獣だが、爬虫類《はちゅうるい》のように瞳孔《どうこう》が縦長で、皮膚が鱗《うろこ》に覆われているのが特徴だ。

地上でも水上や水中のように活動できるが、乾燥に弱いのだ。

ケルピー自身でも水魔法で体を濡らすことはできるのだが、ティアは甘えてリタに水魔法を掛けてもらっているらしい。

確かにリタは氷魔法が使えて、冷たい水もお手のものだからな。

ティアはリタが出してくれる冷たい水がお気に入りのようだ。

◆

こうして王都までの道中は特に何事もなく過ぎていき、三日目の夕方。

今日泊まる野営地に着いた。

ニールの鼻筋を撫で、首を軽く叩いて労《ねぎら》う。

「お疲れさま、ニール」

「ブルル～（大丈夫～）」

「よし、じゃあ走りに行くか？」

「ヒヒーン（行くー）」

いつも通り馬車から外して、軽く水瓜を食べさせてから遠乗りに出る。

新たな乗客たちはそれを見て驚いていたが、護衛たちとコバさんが説明している様子だった。

この習慣にも、すぐに慣れてくれるだろう。

しばらくしてニールと走り終わり、食事の準備に取りかかる。

「よし！　これで合ってるはず……どうだ？」

野営での夕食に、俺はロワールの朝市でオマケでもらった米を、店主に教わった通りに炊《た》いてみようとチャレンジした。

炊くというのは、煮るのとは少し違う調理法らしい。

鍋の蓋を取ると独特の甘い香りが立ち、白い米の粒が綺麗に炊けていた。

よく混ぜてから軽く味見をしてみると、美味いがなんとなく物足りない。

「店主はパンと同じく主食だと言っていたから、何か濃いめの味つけのものと一緒に食べた方がいいのか……？」

考えていると、ティアに騎乗し探索がてら周囲を走りまわっていたリタが戻ってきて、鍋を覗き込む。

「あら珍しいわ、ごはんね！」

「俺は初めてなんだが、これで大丈夫か？」

「ええ、大丈夫。ちゃんと炊けているわ」

どうやら合格らしい。

そして、肉にも魚にも合うのはもちろん、スープに入れたり、携帯食として塩を振って手頃なサイズに丸めて保存してもいいそうだ。

腹持ちがよくかさ張らないので、東の公爵領ではパンより人気があるらしい。

流石リタだ。長年生きて……と途中まで考えると、すごい殺気を感じた。

俺はリタの方を見ないようにして、肉料理の手伝いを始める。

「コバさん、もう少し火を小さくした方がいいですよ」

「そうですか、なかなか火加減が難しいですな」

「あまり強いと表面が焦《こ》げついてしまってパサパサになり、食べる量も減ってしまいますから」

薪を手に持って焚火を崩し、火力の調整をする。

以前レシピを教えたスパイス肉の回し焼きを、コバさんが一度練習したいと言いだして、今頑張って調理しているんだ。

練習なので食材はハイオークからオークにし、スパイスは少なめにしているが。

これに喜んだのは護衛の三人。

率先してアンが魔法で料理を手伝い、ドウとトロワはいつも以上にやる気を出して見まわりしていた。

弟子のカツさんとレッツさんも、コバさんの指示に喜んで従い、料理を手伝っている。

リュウさんもスパイス肉の回し焼きに目が釘づけで、頑張って涎を飲み込んでいる。

とはいえ、涎を垂らさないのが、流石貴族様だと思った。

他のみんなは口を開けて涎を垂らしてしまい、お互いにそれに気付いては注意し合うのを繰り返している。

そんな光景を見て、俺とリタが笑ってしまうのは仕方ないことだろう。

9話　王都到着

さらに、二日が経った。

道中ですれ違う人の数が、どんどんと増えてきたな。

野営地で休憩中に話を聞くと、なんでもしばらくロワールへの通行禁止令が出ていて、二日前に解かれたばかりだそうだ。

足止めされていた人々が一気に北へ向かい始めて、混雑しているらしい。

もしロワールがリザードマンたちに攻め落とされていたら、通行禁止にしないと被害が増えるだけだったろうからな。

流通が止まり経済的損失はあるが、通行止めの判断は正しいと俺は思った。

王都でも厳戒態勢となり、もしロワールが攻め落とされたら、すぐに討伐に向かう準備をしていたそうだ。

そうこうして進んでいき、小高い丘を越えると、アルール王国の王都、ボルドーレのシンボルである巨大な城が見えてきた。

広大な円形の街の中心にそびえ立つ、建国から揺るぎない赤黒い巨城。

あそこには女王陛下マルゴー・ボルドーレ・アルールが住んでいると、コバさんが説明してくれた。

「もうすぐお別れですね……」

ドウが湿っぽい雰囲気で話しかけてきた。

「そうだな……出会いがあれば別れもあるさ。しかし俺たちは生きてるから、会おうとすればまた会えるぞ」

「そうですね♪」

約一ヶ月寝食を共にしてきた護衛の後輩たち。

別れるのが寂しくないわけではないが、お互い今は生き方が違う。

俺は今や乗合馬車の馭者。

彼らはこれからの時代を駆け上がる冒険者たち。

こういった出会いや別れを繰り返して、自分の心の折り合いをつける準備をする。

そして、いつか身近な人の死にも耐えられる心に成長していくんだ。

俺もそうだったように、彼らもそうなっていくのだろう。

もちろん、そんな不幸はないに越したことはないが、冒険者という生き方を選んでしまったのならば避けては通れない。

願わくば彼らに幸あらんことを……

そんな年寄り臭いことを考えていると、いつの間にか王都の外壁近くにたどり着いた。

街に入る馬車は、俺たち一台。

それに対して王都からは、どんどんと馬車が出発していく。

これ……いつになったら入れるのだろう……

「先に知らせてくるわね」

そんなことを思っていると、リタがティアに乗って先触れに行ってくれた。

彼女は待つのが嫌いだからな。

以前「ずいぶんとせっかちだなぁ」と言ったら……

「長寿であっても、無駄な時間は嫌いなのよ♪」

と、目だけが笑ってない笑顔で強く言われてしまったことがあったな。ははは……

やがて遠目に、リタが入口に到着したのが見えた。

馬上から兵士に話しかけている。

何を言ったか知らんが、兵士たちは突然慌ただしく動き始めた。

リタは馬上に立ち、こちらに大きく手を振っている。

俺はニールに手綱で合図を出して、少し速度を上げて入口へ向かった。

すぐに入口に到着すると……

「失礼します。バン殿の乗合馬車でしょうか？」

「はい、そうですが？」

兵士に聞かれそう答えた瞬間、盛大な歓声と共に、外壁の上から色とりどりの花びらが降ってきた。

俺が驚いていると、さきほどの兵士が話しかけてきた。

「ロワールの冒険者ギルドから連絡を受けております。リザードマンの討伐お疲れさまでした。つきましては、明朝アルール城へとお越しください。女王陛下がお会いしたいとおっしゃっています」

「はい？？？」

「はい、ですから明朝登城《とじょう》していただき、女王陛下と謁見《えっけん》していただきたいのです」

俺が？　登城？　女王様と？　謁見？

無理無理無理無理無理無理無理無理無理無理無理……

俺は急いで馭者台から飛び降りて、小声で兵士に耳打ちする。

「あの〜〜〜、断ることは？」

「絶対に無理です」

「ですよねー」

「お疲れでしょうしお気持ちは察しますが、ここは素直に会われた方がよろしいかと……」

「はい、分かりました………」

なんか俺の知らないところで、話がいろいろと大きく進んでいっている気がするぞ？

なんかきな臭いし、嫌な予感しかしない……


王都に入った後、急いで運輸ギルドに向かう。

いつの魔にか軍馬に乗った騎士二人が馬車に並走し、運輸ギルドまで誘導してくれていた。

軍馬二頭は、最初こそニールに驚いていたが、流石は訓練された馬だけあって、すぐに落ち着きを取り戻した。

俺はといえば、うちのニールの方が立派だとか、大人気ないことを考えながら進んでいく。

リタもティアと一緒に、後から馬車についてくる。

「しかし、立派な従魔ですなぁ〜」

「私が見てきた中で一番の巨馬ですよ〜」

騎士たちがニールを褒めてくれる。それが俺にはとても嬉しく誇らしい。

「ありがとうございます」

「ブルル～♪（まあね～♪）」

ニールも嬉しそうに鳴き、少し誇らしげだ。

騎士が誘導してくれているので、人や馬車が道の端によけてくれる。

「なんだか申し訳ない気分になりますね……」

「お気になさらず、今をときめくロワールの英雄なのですから」

「は、はぁ……」

確かに、討伐に参加して戦果を挙げたかもしれんが、俺だけの働きではないはずだ。

むしろ、死亡した奴らこそが英雄だろうに……

「バン、どうしたの？」

「いや、なんでもない……」

ティアに乗って馬車の隣に来たリタに話しかけられ、気を取り直す。

どうやら、少し顔に出ていたようだ。

それにしても、リタにはすぐに感づかれるな。

しばらくして、騎士に言われて馬車を停める。

「運輸ギルドに到着いたしました。ここでの手続き後、冒険者ギルドへとご案内し、その後に宿へご案内いたします」

どうやら謁見のために、宿まで指定の場所に連れていかれるらしい。

ということは、ここで乗客たちとお別れした方がいいな。

乗客たちから料金をもらい、運輸ギルドの受付で手続きを終えた。

ギルドの外に出ると、コバさんたち行商人三名が待っていてくれた。

「バンさん、いろいろとありましたが楽しい旅でした。ぜひまたご一緒させていただきたいものですなぁ〜」

「コバさん。こちらこそ、いろいろとありがとうございました。機会があればぜひまた利用してください。お待ちしています」

コバさんとお互いに別れの挨拶を交わし、しっかりと握手をする。

カツさんとレッツさんにも挨拶をして、次は冒険者ギルドに向かった。

すると、冒険者ギルドまでリタの後ろに乗りたいとアンが言いだし、ティアに跨った。

そして後ろからリタを抱きしめ、寂しそうに涙目で話しかける。

「リタお姉様、寂しいです……」

「冒険者なんてこんな出会いと別れの繰り返しよ。アンちゃん、しっかりしなさい……」

それをリタが諭しているが、決して振り向かないようにしている。

たぶんいろいろと我慢しているのだろう。

この旅の間に、とても仲良くなったから仕方がないか。

ドウもトロワもずっと黙っている。

なんか、苦手な空気だな……

「ドウ、トロワ。明日の夜は空いてるか？」

「はい、王都には二、三日滞在するつもりなので、夜なら空いてます」

「なら、王都到着を祝って一緒に飲まないか？」

「はい！　ぜひぜひ」

「やったっす」

ドウとトロワが明るく返事をしてくれた。

すると、鋭い視線を感じたので、すかさず言う。

「リタとアンも一緒にどうだ？」

「もちろん♪」

「はいです♪」

女性は女性同士の方がいいだろうと、気を遣ったつもりだったんだがな。

そんな約束をして空気も変わったところで、冒険者ギルドに到着した。

久しぶりのアルール王国の本部冒険者ギルドだ。

本部だけあって、俺の知っている冒険者ギルドの中で一番大きい。常に現役ミスリルランカーが駐在していて、ここのギルドマスターはレオンの兄貴の師匠だ。

とはいっても、俺は何度か会ったことがあるが苦手なんだけどな……

「では、手続きをお願いします」

騎士に促されて受付にドウと一緒に行く。

ドウは依頼書に達成のサインをして提出する。

「はい、護衛依頼完了ですね。ドウ様たちのパーティーはこれでランクアップ試験を受けられますが、いかがなさいますか？」

受付嬢の問いにドウがすぐに答える。

「明日の日中に空きがあるならお願いします」

「かしこまりました。お調べいたしますので少々お待ちください」

急なことなので心配になり、ドウに尋ねる。

「いきなりで大丈夫か？」

「これは前から三人で決めていたことなので問題ありません。バンさんやリタさんに鍛えられた成果を、すぐにでも試してみたいんです。明日の飲み会にはブロンズランカーとして参加してみせますよ」

「頑張れよ」

「はい」

ドウの自信に満ちあふれた表情を見て、俺はドウの肩に手を置き、力強く握手をした。

旅の途中で手合わせをするうちにどんどん成長した三人は、ブロンズランクに受かるほどの実力になっただろうと俺もリタも考えている。だから、心配ないはずだ。

しばらくして、昇格試験の日程を確認しに行っていた職員が戻ってきた。

「大丈夫です。明日の正午、地下訓練所にて試験が受けられます」

「では、それで申し込みをお願いします」

「かしこまりました。それとバン様、明日の陛下との謁見後に、ギルマスがお会いしたいとのことです」

「はい？」

「謁見が終わりましたら、こちらにお越しください」

「はぁ～」

また用事が増えた。なぜに到着早々、こんなにも忙しいのだろう。

早くニールとのんびり休みたい……

明日の過密スケジュールにうんざりしながら、今度は騎士二人に誘導され、宿屋へ向かう。

護衛三人とは冒険者ギルドで別れたので、今は俺とニールの横をティアに乗ったリタが並走しているだけだ。

「到着いたしました。こちらの宿です」

「…………」

騎士に案内された場所を見て、言葉を失う。

「流石ね♪　ここに泊まるのは久々よ♪」

リタはご機嫌だが、この約一ヶ月の稼ぎがなくなりそうだ。

というか、むしろ足りないかもしれないと感じさせるくらい高級感がある。

デカい立派な門を潜ると、一等地にもかかわらずとても広い庭の先に、貴族の屋敷のような建物がそびえ立っている。

あれが宿屋？　場違い感がすごい……

建物の入口に到着すると、執事さんやらメイドさんやらが横一列に並んでお出迎えしてくれた。

ひときわ豪華な衣装に身を包んだ青年が一歩前に出て、挨拶する。

「お待ちいたしておりました。当宿屋にようこそ」

そして、一糸乱れぬ所作で、綺麗にお辞儀をする執事さんたちとメイドさんたち。

駄目だ……ここでは心も体も休まらない気がする……

「それでは私たちはこれにて。明朝お迎えに上がります。それまでこちらでごゆっくりとお過ごしください」

騎士二人は、そう挨拶をして去っていった。

「あの～、厩はどちらですか？」

「どうぞ、こちらです」

しばらく呆然としていた俺だったが、気を取り直してニールと一緒に厩に向かい、馬車を外してその脇に止める。

リタもティアとついてきて、魔法で水浴びを始めた。

俺がニールの食事の準備をしていると、年老いた厩舎員が声を掛けてくる。

「従魔のお世話は私どもが承《うけたまわ》りますが？」

「いや、それは結構です。大切な相棒なので自分でさせてください」

「左様でございますか」

ありがたい申し出だが、こればかりは譲れない。

家族の世話を他人には任せられないからな。

「リタ、ニールもいいか？」

ティアのついでに、リタにニールの水浴びも頼んだ。

「いいわよ♪」

「ヒヒ～ン♪（やったぁ～♪）」

「ティアもお疲れさま。よかったら食べるか？」

「よかったわね、ティア♪」

「ピピーン♪」

水浴びのお礼にティアへ黒糖の欠片を差し出すと、嬉しそうに食べ始めた。

ニールほどハッキリと気持ちが伝わってこないが、仕草でなんとなくは分かる。

ニールはティアと一緒に楽しそうに水浴びを満喫していた。

その後、水浴びで濡れたニールをしっかりとブラッシングし終わると、満足げに横になる。

「では、部屋へご案内いたします」

見計らったように、側で待っていた執事さんに声を掛けられた。

「こちらでございます」

案内された部屋は、これまた豪華だった。

白を基調とし、ところどころ金に彩られた豪華な広いリビング。床はふかふかな絨毯《じゅうたん》で、普段泊まる宿屋のベッドのようだ。

寝室が三つもあるし、トイレも洗面台も完備。湯船タイプの風呂場まであって至れり尽くせりだ。

一泊いくらするのか……おそろしい。

そんなことを考えていると、メイドさんたちがわらわらと入ってきた。

「明日は女王陛下との謁見と伺っております。お疲れとは思いますが、まずは衣装合わせをお願いいたします」

「はぁ～」

確かにこんな格好で謁見するわけにもいかないかと、自分の格好を見て納得する。

ガキ

「リタ様はどうぞあちらに」

「は～い♪」

リタもリタで別の部屋に連れていかれた。

衣装合わせのために部屋に入った俺は、仁王立ちのまま、あっという間に体のサイズを測られた。

それが終わると風呂が用意されており、汚れと疲れを取る。

風呂場を出ると、身なりは綺麗だがお年寄りの、犬族の獣人男性に話しかけられた。

「それでは～、お髪《ぐし》と～お顔を～、整え～させて～いただきます～。こちらの～部屋へ～どうぞ～」

ちょ！　ちょっと待ってくれ！

いろいろと大丈夫か？　体も声も震えてるぞ！　何より手が震えてるのが怖すぎる。

おそるおそる趣向の違った部屋に入る。

絨毯はなく大理石の床で、大きな鏡台の前にレバーがついた豪華な椅子が設置されている。

小さな洗面台もあり、そこには助手であろう若者が数人立っている。

椅子に座ると、老人に震えた手で布をかけられて首に巻かれるが、少し息苦しい。

正面の大きな鏡に自分の顔が映っており、確かに小汚い。

老人は小さな台を持ってきて、俺の後ろに立つ。

そして、銀色に輝くハサミと櫛を取り出した。

「それでは～、まいります～。動かんで～ください～ませ～」

「おっ……お願いします……」

その時、突然老人の震えが止まり、目を見開く。

そこからはすごい速さで、櫛で少しずつ髪を引き上げ、ハサミで切っていく。

その鮮やかな職人技に呆然と見とれていると……

「はい～お髪は～終わり～ました～。次は～お顔で～ござい～ます～」

えっ！　もう終わったのか？

速すぎる！　すごすぎる！　なんだこの老人は！

驚いているとガタンと椅子の背が倒され、仰向けの状態になる。

そこで分かったが、天井の灯りは魔道具なのか！　道理で蝋燭《ろうそく》の灯りとは比べものにならないほど明るいわけだ。

「目を～閉じて～楽に～なさって～ください～」

さきほどの職人技で安心した俺は、言われるがままにした。

すると、何かふわふわとした感触が顔を撫でまわす。

気持ちよく夢見心地でいると、今度は冷たい刃物の感触が顔を撫でていく。

撫でられるたびジョリジョリと音がするが、それもまた心地がいい。

その後、椅子の背もたれがガタンと起きて、温かい風に頭部が包まれ、気持ちよさに朦朧《もうろう》とする。

「整い～ましたで～ござい～ます～。お疲れ～さまでした～」

老人の声でハッとして我に返る。

いつの間にか寝てしまったらしい。

椅子の上で起きると、鏡に映る自分のこざっぱりした姿に驚いた。

「ありがとうございました」

老人に礼を言い、身も心もスッキリとした気持ちで部屋に戻ると、リビングでは夕食の準備が整っていた。

風呂上がりのリタが、先にワインを飲んでいる。

「見違えたわ！　磨けば光るものね♪」

「あの爺さんの腕のおかげだよ」

リタに褒められ、少し照れくさい。

しかし職人とはどの分野でもすごいものだなと、つくづく思った。

10話　二人だけの夜

「それでは料理をお持ちいたします」

「お願いするわ♪」

俺が席につくとグラスにワインを注がれた。一口飲むと、香り、味共に上等な代物だと分かる。

リタの合図で見たこともない豪華な料理が運ばれ、それらをゆったりと堪能しながら夜は更けていく。

豪華な料理に美味い酒を楽しみながら、リタと思い出話に花を咲かせる。

やがて、いつの間にかワインの空き瓶がリタの前に並んでいた。

「なんれ～あの時に～、一言～わしゃしちゃちに～言って～くれらかったの～～～」

だいぶ飲んで酔っ払ってるリタ。

ギルマスを殺した時のことを言ってるのだろうが、その話をされると弱い。

リタはいまだに気にしてるのか……

「悪かったよ……」

「しょれに～、やくしょくは～どうしゅるのよ～」

「大丈夫か？　もう今日はこのぐらいで……」

「う～る～しゃ～い～。今日は～、飲むんら～」

明日の謁見が心配で俺は量を抑えているが、リタは大丈夫なんだろうか。

まあ、回復魔法を使えるリタなら問題はないのかもしれんが……

「もう外していただいて結構です。遅くまでありがとうございました」

「はい、かしこまりました。それではバン様、リタ様、失礼いたします。いい夜を」

「いい夜を」

遅くまで世話を焼いてくれたメイドさんを帰し、リタにも声を掛ける。

「ほら、リタも今日はこのぐらいで」

「やら～まだ飲むんら～」

「いやいや、飲みすぎだ」

リタに駄々をこねられるが、俺はグラスを取り上げた。

「ぶ～～～」

リタは今度はテーブルにうつ伏せになってすねている。そんな無防備な姿をかわいく思ってしまう。

しかし、仲間の一線は越えないでいないと、と気持ちをしっかりと持ち直す。

「ほら、ここで寝てると体が冷えるぞ」

俺はリタにそう声を掛け、寝室にある上等な毛布を持ってきて、肩にかけようとする。

「ベッドまで運んで……」

すると、リタが小さく呟いた。その一言に俺の心臓が跳ね上がる。

流石に無視はできないか……

リタを毛布で包んだ後、両手で大事に抱え上げた。

リタを寝室まで運んで、ゆっくりと優しくベッドに下ろす。

すると、リタが目を開いて俺を見ていた。

「「…………」」

見つめ合う俺たち。

わずかな時間がとても長く感じる。

リタの瞳は潤んでいてとても綺麗だった。

俺だってそこまで鈍くはない。

俺は決心し、素直に思いを伝えることにした。

「リタ、君が好きだ……」

「私もバンが好き……」

「ありがとう、俺は心から君と結ばれたいと思ってる」

「あたしも」

「でも少しだけ待ってくれないか？」

「なんで？」

「勝手な男の意地ってやつなんだが……」

「うん」

「一つだけやり残したことがあるんだ」

「もしかして……」

「ああ……」

「分かったわ。本当にバカね……」

「すまん」

「いいわよ、今更だし」

「本当にすまん……」

「どうせ何を言っても聞かないんでしょ？」

「ああ、これだけは絶対にな」

「分かったわ、その代わりにお願いがあるの……」

「なんでも言ってくれ」

「抱きしめて……キスして……そして私も連れてって……」

「分かったよ」

会話が終わり彼女が目を閉じる。

俺はベッドの上でリタの体を包み込むように優しく抱きしめ、そっと唇を重ねた……

◆

翌朝、俺とリタはメイドさんに起こされた。

朝食を勧められたが、まずは厩への案内をお願いした。

中ではすでにニールは起きていて、どうやらご機嫌斜めのようだ。

「おはよう、ニール。どうした？　何かあったか？」

「ヒヒーン、ブルルルル～、ブルル～（ムカつく、キライだ～、敵だ敵～）」

優しいこいつがかなり怒っていて、離れたところに集まっている騎士たちを睨みつけている。

「ティア？　どうしたの？」

「ピピー、ピピーン」

リタが呼ぶと、ティアの弱々しい鳴き声がする。

厩の奥に行くと、傷ついてるティアがいた。

リタはすぐに駆け寄り、回復魔法を発動させる。

「何があったんです？」

俺は怒りを必死に抑えながら、昨日厩で声を掛けてきた老人に尋ねると……

「ちゃんと調教しとけよ、ジジイ～」

「全然言うこと聞かね～じゃね～か～」

と、ニールの睨む先にいた騎士たちが笑いながら言ってきた。

酒の匂いがここまで漂ってくる。

「本当に、本当に申し訳ございません」

老人はそう言って、涙ながらに謝罪を繰り返す。

詳しく話を聞くと、あの騎士たちは巡回という名目で王都の宿屋や飲食店を飲み歩き、好き勝手する奴らだそうだ。

貴族の子息の集まりで、バレないよう脅しまでかけてくるらしい。

クソガキどもが……

「だから～、俺たちが巡回ついでに躾《しつ》けてやってたんだよ」

奥から一人の騎士が出てきて言った。

その顔を見た瞬間、俺は初めて神って奴に感謝した。

こんな偶然が重なり、こいつとやっと出会うことができた。

「俺たちアルール王国第四近衛騎士団が直々に調教してやったんだ。感謝しろよな」

それからその騎士は、ティアの側にいるリタに気付いてニタニタと笑う。

「おお～、これはこれは素敵なお嬢様ではありませんか？　よろしければそんな畜生の相手などではなく、私たちの回復役になりませんか？」

そうか、またこいつか……

ニールを怒らせ、ティアを傷つけ……俺の女にまで手を出そうと……

「お呼びじゃないのよ、僕ちゃんたち」

リタが騎士団の奴らにそう返事をした瞬間、騎士たち全員の足が凍りつき、地面から離れなくなった。

「おいっ、何をしている？　無礼だぞ」

「この女、調子に乗りやがって」

「くそっ、動かねぇ～」

騒ぎ立てる騎士たちが、動けないままわめく。

しかしあいつだけは身体強化で強引に足の氷を砕き、こちらに進んできた。

俺は奴とリタの間に割って入り、睨みつけながら言い放つ。

「俺の女に手を出すな。騎士とは名ばかりのクズが」

「何！」

「何が近衛だ。居場所のない実力不足の貴族のガキども。それで、お前がお山の大将か？」

俺が煽りに煽っていくと、あいつは笑いだした。

「ハハハ……ここまで侮辱されるとは。よし、決闘だ。逃げられないぞ。なぶり殺しにしてやる」

よし、この言葉を待っていた。

ようやく……ようやく……この機会が……

「確かに決闘の申し出承った、ガルマン殿」

俺は仰々しく、作法に則《のっと》って告げた。

「お前……なぜ俺の名前を……」

怪訝な顔をするガルマンを無視して続ける。

「しかし、決闘の日時はこちらで決めさせてもらう」

「何！　逃げるつもりか？」

「いや、俺たちは女王陛下に呼ばれていてな」

「え！」

「まずは陛下にお伺いを立てるのが筋というものだろう」

「なんで……まさか……そんな……」

呆然としているガルマン。

俺は奴を無視して厩の柵を外し、ニールとティアを外に出す。

それからニールに飛び乗り、馬上から執事に伝える。

「別の宿屋に預けてきます。その後、すぐに戻ります」

「そうですね、その方がよろしいでしょう……お待ちしております」

執事が納得してくれたので、ティアに乗ったリタと並走して宿の正門へ向かう。

ふとリタと目が合う。

彼女からは殺気が消えていて、なぜか嬉しそうにしているのが不思議だった。

「どうした？」

「別に」

「なんだよ、ティアが巻き込まれたんだぞ!?」

「もう回復したから大丈夫よ」

「だからって……」

「もう一回聞きたいな」

「何をだ？」

「俺の女に手を出すなって♪」

「ああ……うん。機会があればな……」

「ぶ〜〜〜」

そう改まって言われると、恥ずかしくて誤魔化してしまった。

しかし長かった……

仲間二人がギルドで奴隷のように扱われ、殺された時。

俺がギルドに単身乗り込んで暴れると、ギルマスが命乞いで言ったあの言葉……

「バン。ちょっ、ちょっと待ってくれ。俺には領主様よりも強い後ろ盾があるんだぞ！　領主様の寄親《よりおや》であらせられる西の公爵閣下のご子息、ガルマン様だ。奴隷の首輪を俺にくれたのも、ヘボい冒険者は奴隷にして使えばいいというのも、すべてはガルマン様のご命令なんだ。ガルマン様に従う俺を殺したら、公爵家を敵に回すことになるんだぞ！」

やっとだよ、二人とも。やっと仇が討てるぞ。

これでお前たちの墓前に報告できるよ。

ガルマン、もう絶対に逃しはしない……絶対にぶっ殺す！

11話　謁見

別の宿屋にニールとティアを預け、リタと一緒に冒険者ギルドに入る。

「すまない、ギルマスはいるか？」

「いえ、まだ出勤しておりませんがもうそろそろ……」

「バンじゃないか！　久しぶりじゃの〜」

尋ねている最中に、後ろから声を掛けられる。

久しぶりにクソババアの声が聞こえてきたと思った瞬間……

まったく、図体《ずうたい》ばかりデカくなりおってからに」

一瞬の三連撃をお見舞いされた。

二撃で両膝裏を蹴られ、膝をつき体が低くなった瞬間、最後の一撃で脳天を小突かれる。

なぜにいつも俺の心が読まれるのか。化け物め……

「いてぇな婆《ばあ》さん、まだくたばってなかったのかよ」

「わしゃまだまだ現役のつもりじゃぞい。それをここのギルマスなんかにしおって。あの坊主どもめ……」

そう言ったのは、レオンの兄貴の師匠にあたる、虎《とら》獣人とエルフのハーフの小柄な女性。

齢《よわい》五百を超えてなお王国現役最強ランカーで、近接格闘術を極めし者――オリハルコンのアルティミシアだった。

たぶん坊主どもというのは、各支部のギルマスたちのことだろう……

「で、どうしたんだい。女王との謁見はまだだろうに」

俺は今朝の事情を話した。そして、ニールとティアの護衛をお願いする。

「ふむ、ちょうどいいのがいる。そいつらを回してやろう」

「助かる」

ゴツン。

「いってぇ～なぁ～」

いきなり叩かれて、俺は悪態をつく。

「そこは、『ありがとうございます。アルティミシア様』だろう？」

「くそ、ありがとうございます……」

「それでいい。ところで、レオンは元気かい？」

「ああ。兄貴も元気にやってるよ。リノア姐《ねえ》さんの尻に敷かれてるが、幸せそうに見える。子供も大きくなってきて大変だと、よく愚痴をこぼしてるよ」

「そうかいそうかい。いろいろと片付いたら遊びにでも行こうかね～」

「ああ、兄貴たちも喜ぶと思うぞ」

「そんなことよりバン」

「うん？」

「すまなかったねぇ……あの事件はわしらたちにも責任がある。しかし西の貴族の奴らはクズだよ。徹底的に殺《や》ってきな」

「言われるまでもない。どんなことになっても絶対にあいつだけはこの手で殺す。たぶんこれが最初で最後の絶好の機会だ……」

そこまで言って、ババアはリタに話を振る。

「リタの嬢ちゃんや」

「はい！」

「こんなクソガキのどこがいい？」

「おい！　ババア」

ゴツン。

「………」

言った瞬間、また思いきり殴られてしまった。

「まあいいさね。嬢ちゃんの表情でよく分かったよ。こんな奴だけどよろしく頼むよ」

「そんな！　アルティ様、頭を上げてください」

「本当にお前にはもったいない女性だよ」

「うっさい……俺が一番分かってるよ……」

「大事にしな」

「当たり前だ」

「だから死ぬんじゃないよ」

「分かったよ。じゃあ、ニールたちの護衛は頼むな」

ドカッ。

「お願いしますだろ、クソガキ」

次の瞬間、冒険者ギルドから俺だけ蹴り出されていた。

くそっ……あんなに元気ならまだまだ心配いらねぇな。


ニール、ティアを預けた後、すぐに王城へ登城する。

すると、まず別室へ案内され、着替えさせられ、身なりを整えさせられた。

俺は周りのメイドさんたちから、なぜか嬉しそうな顔で見られている。

リタもまた別の部屋で身支度を整えてもらっているようだが、その部屋から歓声が漏れてきた。

俺の支度はすぐに終わり、ソファに座ってリタを待つ。

服にしわを作らないように、背中が背もたれにつかないよう姿勢を正しながら、しばらく待機していると……

「お待たせ」

そう言って、リタが部屋から出てきた。

「…………」

「バン、どうかしら？」

「…………」

「ねぇ～、バンったら」

「あっ！　すまん……美しすぎて見とれていた……」

「…………」

「…………」

お互いに照れながら言葉に詰まっていると、執事さんに声を掛けられる。

「それでは、女王陛下のもとへご案内いたします」

そこでハッとして気を引き締め、執事さんの後をついて謁見の間に向かう。

さて、鬼が出るか蛇が出るか……

◆

その頃、王城の女王の寝室では。

「失礼いたします。陛下、ご報告が……」

小柄で黒装束の人物が気配なく天井から現れて、女王に声を掛けた。

まだ寝ていた女王は、薄目を開けて尋ねる。

「影よ……何があった？」

「実は……」

影と呼ばれた男は、今朝のバンとガルマンの事件を事細かに話す。

するとみるみる女王の表情は変わっていき、最後には影を睨みつけながら怒りを露わにする。

あまりの迫力に、少し後ずさる影。

「あのバカ者どもが……愛しき国民に悪さを働き、妾《わらわ》が呼び寄せた客にまで不遜な振る舞いを……もう我慢できん。西の派閥《はばつ》ごと潰してくれる！」

国の西側を支配する貴族の子息たちで結成されているのが、第四近衛騎士団だった。

彼らの所業は知れ渡っており、怒りを覚える者たちも数多くいた。

女王も影から報告は受けていたが、貴族の派閥《はばつ》であるがゆえに目を瞑ってきた。

そのせいで、西の派閥の子息どもはどんどんと増長していたのだ。

ほとんどの事件は金と権力でもみ消されてしまい、確信的な証拠も陳情も上がらない。

そのせいで、女王もなかなか手を打てずにいた、悩みの種だった。

「それなんですが……」

影がさらに続ける。

決闘のことを聞いた途端、女王はとてもいい笑顔になった。

「あの事件の首謀者が、わざわざ被害者に会いに行ったと⁉」

「はい、バン殿はあのギルマス殺しでして……」

「ふはははは、ならばその機会を妾が奪っては申し訳ないな」

「おっしゃる通りかと……」

「よし、決めたぞ。決闘を認める。妾が場を用意しようではないか」

「陛下の御心のままに」

「西の奴らも、この機会に第四近衛騎士団もろともすべて潰してくれる。ふふふ、はははは……」

女王の恐ろしい笑い声を聞き、影と呼ばれた者は心の中でため息と共に呟いた。

（はぁ～、これから国が荒れるなぁ～）

◆

目の前に竜の紋章が左右に入った豪華な扉がある。

この先が、王城の大広間であり謁見の間だ。

左側にリタを伴い、扉に向き合い高揚する俺――バン。

女王陛下に謁見することによる高揚ではなく、復讐をようやく果たせることによる気持ちの高ぶりだ。

乗合馬車を始めてまず王都を目指したのも、何かしらガルマンの情報を得るためだった。

奴が王城勤めをしていることまでは突き止めたが、仕事や役職などは分からなかった。

だが、まさか向こうからやって来るなんて、本当に神様がいるのかと信じてしまいそうになる。

神は神でも、おそらく死神だろうが……

俺が取り憑かれているのか、相手に取り憑いているのか、それとも死んだ仲間二人が招き寄せたのか……

今でもハッキリと二人の顔を思い浮かべられる。

やっと……やっとだ……

「ロワールの英雄、『黒き疾風』バン殿。並びに『氷艶《ひょうえん》の美姫《びき》』リタ殿～～～」

部屋の中から張りのある大きな声が聞こえ、扉が開く。

左右に並ぶ貴族らしい奴らの視線が鬱陶しいのを我慢して、中央の赤い絨毯の上を進む。

玉座の前で片膝をつき、顔を伏せ頭を下げる。

すると……

「アルール王国、マルゴー・ボルドーレ・アルール女王陛下～～～」

そんな声が聞こえ、左右の貴族たちに緊張が走った。彼らも俺たちと同じ姿勢を取ったのが、音と気配で分かる。

やがて女王が広間に入ってきたらしく、玉座の方から声がする。

「皆の者、面《おもて》を上げよ」

姿勢はそのままに顔だけを上げ、女王陛下に注目する。

「バン殿、リタ殿。二人とも呼び出しに応じてくれたこと、誠に感謝する」

「「ははっ」」

女王に直接言葉を掛けられ、頭を下げる俺とリタ。

女王が続ける。

「皆の者、よく聞け。妾の客人であり、リザードマン討伐の英雄であるこの二人の従魔を傷つけた愚か者がおる。それがなんの冗談か、我が近衛の第四近衛騎士団だったようでな……」

大広間に戦慄《せんりつ》が走る。

女王が呼び出した客に、近衛が被害を与えるなどあってはならない出来事だ。

知らなかったでは済まされない、国家反逆罪にも問われかねない事件。

「今すぐここに第四近衛騎士団の者を連れてまいれ！」

「ははっ」

近衛騎士団長がそう号令し、騎士たちが返事をして素早く対応する。

すぐにガルマンたちが鎧姿のまま縛られ、大広間に連れてこられた。

その顔は青ざめ、歯がガタガタと鳴っている。

連れてきた騎士が蹴り飛ばし、床に膝をつかされる奴ら。

俺はそれを横目に、なりゆきを見守っていた。

「誤解です、陛下。私たちは街で魔獣と遭遇し……」

女王陛下から発言を許されていないのに、必死で言い訳をし始めるガルマンたち。

その無礼な振る舞いに、貴族たちは顔をしかめたり呆れたりと様々な表情をしている。

「それで私たちは……ぐはぁっ！」

「陛下から発言の許可があった覚えはないぞ……」

女王陛下が騎士団長に目で合図を送ると、騎士団長は必死で弁明しているガルマンの顔面を蹴り上げた。

貴族たちは誰も同情していない様子で、冷たい視線を送っている。

そんな中、一人の貴族が前に出て、ガルマンを庇うように騎士団長の前に立ちふさがる。

その初老の貴族が跪き、ガルマンに寄り添う。

「おお……かわいそうなガルマン……」

貴族は心配そうに声を掛けるが、舌を噛み、歯が折れてうめいているガルマンには届いていないだろう。話している最中に顎を下から蹴り上げられては、たまったものではないはずだ。

「どういうつもりだ、ムートン公爵」

騎士団長が憤って言う。

こいつが西の公爵家の現当主、ムートンか。

隣国と接するアルール王国最大の領地を持ち、中央政治では陸軍の最大派閥を牛耳《ぎゅうじ》る、四大貴族の一人。

こんな失態を演じた息子を、現当主が陛下の前で庇いだてするなんて、親バカでありバカ親だな……

ムートン公爵が女王に訴える。

「女王陛下、これはあまりにもひどい仕打ちではありませんか⁉　我が息子ガルマンにこんな……」

「ほう……ではガルマン本人ではなく、公爵家の責任ということでいいのだな？」

「いえ！　そういうわけでは……」

「ではどういう了見で割って入ったのだ？」

女王陛下から恐ろしい気配を感じる。

すごく綺麗なのに目が笑っていなくて、少し笑顔なところが彼女とかぶるな……

そんなことを考えていると、リタにバレて、こっそり腿《もも》をつねられた。

必死で痛みの声を我慢して顔を上げると、女王陛下と目が合う。

その瞬間、女王が笑みを浮かべたように見えた。

「そういえば、そやつは妾の客人に無礼を働いた上に、決闘まで申し込んだようでのう」

「なんですと！」

「客人への詫びに、妾がその場を用立ててやろう。立会人はこの場にいる者たちでどうじゃ？　ロワールの英雄、黒き疾風よ」

陛下がそこまで知っているのに驚いた。

一体どこまで知っているのだろう。たぶん、俺の過去のことも分かっているんじゃないだろうか……

大広間の人々の陛下の言葉への反応はというと、公爵は驚き、貴族たちは苦笑いしている。

動揺が広がっている中、俺はこの機会を逃すまいと声を上げた。

「恐れ入ります陛下、発言の許可をいただけますでしょうか？」

「うむ、許可するぞ。それでどうする？」

「はい。恐れ入りますが、ぜひ陛下や皆様に立会人になっていただければ……」

「よかろう、騎士団長」

「ハッ」

「闘技場に使いを出せ。すぐに支度し、全員で向かおうぞ」

「ハッ」

騎士団長が返事をし、みんなが移動を始める。

俺とリタもそれと一緒に、闘技場へ向かった。

12話　決闘

闘技場――王都の東にある円形の戦場。公営ギャンブルや御前《ごぜん》試合の会場にもなる血生臭い場所だ。

人対人の戦いが行われるだけでなく、魔獣や魔物を戦わせてその強さを競うこともある。

こういった見世物の見物《けんぶつ》は大衆娯楽の一つであり、絶大な人気がある。

今俺はその闘技場の控え室で装備を着けながら、決闘の時を待っていた。

第一近衛騎士団から二人の騎士が護衛についてくれており、隣にはリタがいる。

「なんで決闘が、バン対第四近衛騎士団の団員全員なのよ？」

リタはそう愚痴りながら、護衛の騎士二人を睨みつける。

そう、理由はよく分からないのだが、なぜか女王の命令で、決闘は俺とガルマンの一対一ではなく、ガルマンサイドには第四近衛騎士団の団員全員が参加することになってしまったのだ。

女王にも、何か考えがあるんだろうが……

リタに怒られ、とても申し訳なさそうな顔をする騎士二人。だが、彼らには責任はないだろう。

「やめとけリタ。気持ちは分かるが……」

「そもそも、ガルマンみたいな奴らを野放しにしていたのが悪いのよ。さっさと始末しておけばよかったのに」

「偉い人たちにもいろいろとあるんだろうよ」

「でも、こんな多人数と戦うなんて決闘じゃないわよ」

「まあまあ。それより、リタに頼みがあるんだが……」

「何？」

俺は怒るリタをなだめつつお願いする。

「リタのことだろうから俺に助太刀しようとか考えているかもしれないが、この戦いに巻き込みたくない。できれば俺一人に任せてもらえないか？」

「う～～～ん」

リタは腕を組んで考え込んでしまった。

「……分かったわバン、でも条件があるわ」

「なんだよ？」

「補助魔法だけは掛けさせてちょうだい」

「ああ……だがリタに負担がない範囲にしろよ」

決闘にリタの助力を借りるとかフェアじゃないかもしれないが、一対一の決闘のはずが俺対騎士団全員とかいう意味不明な戦いになっているんだから、これくらいはいいだろう。

「最後に……」

「うん？」

「これが終わったら、次に行く街の予定を考えといてね♪」

どうやら、リタなりの俺への励ましらしい。

俺はリタに笑顔を向け、「ああ、分かったよ」と返した。

そんなやり取りをした後、リタが俺の顔に戦化粧を施してくれた。

リタの指先が顔に触れるのが、くすぐったくも心地がいい。

おかげでリラックスできたのか、とても気持ちが落ち着き、思考が鮮明になる。

ちなみに戦化粧の色は、リタは緑だったが、俺は黒だ。人により、相性のいい色があるらしい。

こうして装備を整えたところで、闘技場に呼び出された。

近衛騎士団長の声を合図に、お互い装備を固めた姿で一歩前に出る。

「これより決闘を執り行う。両者前へ」

円形の壁に設けられた客席の周りは、第四近衛騎士団以外の近衛騎士たちが囲んでいる。

客席の少し高い位置には貴族たち、そのさらに上には女王陛下と側近たちが座っているのが、俺の目からもよく見えた。

「こんな人数差で勝てると、本気で思ってるのか？」

ガルマンが嫌な笑みを浮かべながら話しかけてくる。

ガルマンだけではなく、他の第四近衛騎士団の連中も下卑《げび》た笑顔でこちらを見ていた。

それらをシカトし、ガルマンだけを睨みつける。それからリタを庇うように前へ進み、大剣を横に構え、目を閉じて集中する。

身体強化の魔法を限界まで自分に掛けると、敏感になった耳に、背後にいるリタの詠唱がハッキリと聞こえてきた。

なるほど、風魔法による速度強化か……

「開始！」

近衛騎士団長の合図と共に、俺は全力で壁に飛び、壁を足場にして両足で蹴る。

体がリタの魔法による追い風を纏《まと》い、スピードが跳ね上がる。

騎士団員たちの真横に出て、まだ呆然としている彼らを横に構えた大剣で一気に切り裂いた。

「おい！　お前ら……え？　何が？」

ガルマンが振り返り、部下に指示を出そうとする。

だがそこには、胴が両断された死体しかない。

「ふふふ♪」

リタさんや、このタイミングで笑うのは、自分で切った俺でも怖いので控えてくれ。

「さてと、ガルマン殿。一対一といこうじゃないか」

「へっ？　なんだと！」

俺が声を掛けると、呆然としていたガルマンがハッとして我に返る。

さあ、仕切り直しだ。

お前だけは楽には死なせん。

少しは歯応えがないと、俺の仲間だったあの二人も浮かばれないからな。

「ほら、構えろよ」

俺は顎でガルマンが腰に携《たずさ》えているロングソードを指す。

「くそっ」

だが、ガルマンは怯《おび》えているのか焦っているのか、剣がうまく鞘から抜けずに手間取っている。

俺はそれを眺めながら、大剣を石畳に突き刺して待つ。

「うりゃーーー」

剣が抜けたガルマンは、上段に構え、身体強化をして突っ込んできた。

素手の俺対、ロングソードのガルマンの戦いだ。

ガルマンが剣を振り下ろしてくるが、俺は右足を引いて躱《かわ》し、振り下ろされたガルマンの両腕を左の手刀で砕く。

「うぎゃーーーー！　腕～、腕が～～～」

ガルマンは痛みで膝をつき泣き叫ぶが、すかさずそこに右足を踏み込み、腰の回転を加えた右フックを素早くガルマンの顔面に叩き込んだ。

「ぶゅひゃっ」

顔の骨が砕けた感触が俺の拳に伝わり、ガルマンが殴られた勢いで吹っ飛ぶ。

床に叩きつけられると、大の字に倒れて気絶した。

俺は水魔法ウォーターボールを唱え、球形にした水でガルマンの顔を覆う。

ガルマンは異変に気付いて目を覚ますと咳込み、起き上がって逃げようとした。

立ち上がる瞬間を狙い、俺はガルマンの右膝に全力で蹴りを放つ。

すると奴の右膝は砕け、脛《すね》から下が変な方向に曲がる。

今……俺にはなんの音も聞こえない。

ガルマンの顎はいつの間にか砕けており、歪んだ口を開けて何か叫んでいるようだ。

だが俺には聞こえないので、気にもならない。

次に、甲冑の上から右腕を三回転くらい捻《ひね》ると、今度は口から泡を噴いて失神し、痙攣し始めた。

俺はガルマンを起こすため、右鎖骨を狙い正拳突きを全力で放つ。すると、骨が折れた感触が拳に伝わる。

ガルマンはその衝撃で吹っ飛び、壁に激突してまた倒れ、虫の息だ。

俺はすぐに駆け寄り、リタからもらった上級ポーションをガルマンに飲ませる。

光に包まれながら回復していくガルマン。

しかしその目は怯え、戦意を失っていた……

「次は左側だ……」

「ひぇっ！　ごめっ、ぶふぉ～」

俺は一度左脇腹を打つふりをして、奴が庇う動作をした後、空いた右脇腹に拳をねじ込む。

また骨が折れる感触が拳に伝わった。

今の攻撃で左に吹っ飛びそうになったガルマンの首を掴む。

ガルマンは息も絶え絶えだが、まだ死んでない。

死なせない……

首を絞めながら頭突きをすると、ガルマンの顔が陥没《かんぼつ》した。

だが、まだだ……

俺は奴の左脛を掴み、その場で一回転させ、遠心力をつけて壁に叩きつける。

すると、ガルマンの頭が壁に叩きつけられ爆《は》ぜてしまった。

終わりか…………

「誰か！　蘇生《そせい》魔法を！　誰か！　まだだ、まだ足りん！」

俺は大声で周りに問いかけるが、誰も返事をしない。

すると突然、背中に温もりを感じる。

その温もりがだんだんと俺の体に広がっていくのを感じ、全身が温まった頃、ようやく音が聞こえてきた。

「もう……終わりよバン……終わったの……」

そうか……

愛するリタの声で、俺は決闘が終わり、ガルマンへの復讐をなし遂げたことを理解した。

◆

決闘が終わり、控え室へ戻る。

俺は返り血を拭き取り、アイテムバッグに装備をしまって馭者の服装に着替えた。

そして、深呼吸を数回繰り返すと心が落ち着き、気持ちを切り替えることができた。

「もう大丈夫だ。ありがとうリタ」

「本当に？」

「ああ、本当だ」

「分かったわ、早く帰りましょう。今日はアンちゃんたちの昇格試験の慰労会でしょ」

「そうだな」

護衛についていた騎士に断りを入れ、俺たちはまずニールとティアを預けている宿へ行くことにする。

騎士には馬車で送ると言われたが、いろいろ面倒だと思い断った。


宿に着き、ニールたちのところへ向かう。

俺はニールに、リタはティアに声を掛ける。

「待たせたな、ニール」

「ただいま、ティア」

「ブルル～（おかえり～）」

「ピピーン」

元気に返事をしたので、もう体調は心配ないだろう。

俺は目を瞑りながらニールの鼻筋に額をつけ、癒やされる。

その間、ニールは黙って大人しくしてくれていた。

いろいろとあったが、お前と出会えてからツイてるよ。お前のおかげで、俺の人生は意味があるものになった気がする。

本当に俺と出会ってくれてありがとな。

「バン、あなたもしかして………」

「ん？　なんだよリタ」

リタの声に目を開けてそちらを向くと、リタとティアは揃って俺を見ていた。

何か驚いている表情をしている。

「質問があるんだけど？」

「どうした？」

「あなた、ニールと過ごし始めてから鑑定してもらったことある？」

「いや？　ないぞ。鑑定魔法で見てもらっても金の無駄だしな。冒険者としての全盛期は過ぎて落ち目の俺が、今更鑑定を受けても仕方ない」

「そう……なら一度、私に鑑定させてくれない？」

「別に構わないが……どうしたんだよ」

「前々から少し気になることがあって……でも、その前に水浴びして身だしなみを整えたら？　少し臭うわよ」

「え！　そんなにか？　はぁ～、じゃあニールの食事を用意したら、井戸を借りて浴びてくるよ」

「ええ、そうしてちょうだい♪」

「はいはい」

リタから注意を受けて、急いでニールの食事を準備した。

それから宿の受付に断りを入れ、中庭の井戸で水浴びをする。

少し寒いが我慢だな。

そういえば、もらった香油がまだ残っているから、水浴びが終わったらまた塗ってみるか。

水浴びが終わると、さっき闘技場で一緒だった護衛の騎士が急いだ様子で宿に入ってきた。

「よかったぁ～、間に合ったぁ～」

「どうしたんです？」

「バン殿、並びにリタ殿に、改めて女王陛下から食事会へのお誘いがございます」

「いや～、今日はもう先約があるので……」

「え！　直々のお誘いですよ！」

「疲れてますし、もう予定があるので……明日なら空いてますが？」

「あ～～、え～～、うん～～、どうすれば……」

「勅命《ちょくめい》かい？」

そんなやり取りをしていると、いつの間にかアルティのババアがその場にいた。

突然ババアに尋ねられ、騎士は困った様子で言う。

「いえ、そういうわけでは……」

「なら明日にしろと伝えな」

「いや、しかしですね……」

ババアと騎士のやり取りを聞いていると、突然空気が変わった。

ババア、騎士様相手になんで殺気出してんだよ……

「ほう？　あの子も女王になって子供を産み、親になって道理が分かるようになったかと思えば、そこら辺の貴族どもとなんら変わらんようじゃのう」

「いえ！　そのようなことは！」

「だったらさっさと帰って明日だと伝えな。文句があるならこのオババに言いに来な、とも伝えておきな！」

「失礼します！」

行きたくなかったのは確かだが、ババアもババアだ。

そんなに脅すなよ。まったく……騎士が怯えて逃げ帰っちまったじゃねえか。

「よし、これで邪魔者は帰ったね。ささ、リタ嬢が鑑定するってんで見に来てやったよ」

そう言ったババアの隣には、いつの間にかリタがいた。

「バン、ごめんね。鑑定を行っていいか確認するために、バンが水浴びしてる間に冒険者ギルドに行ったのよ。そしたらたまたまアルティ様とお会いして、話の流れで…………」

「リタ、気にするな。どうせババアは好奇心で首を突っ……痛っ！」

リタをフォローしていたら、ババアに頭を引っ叩かれた。

動作が速すぎて見えん、くそっ。

「ほれ、さっさと準備して鑑定を受けな。この後、慰労会なんだろ？」

「そうだけどよ～。叩くなよ、ババア」

「口の減らないガキだね、まったく」

「ふふふ♪」

そんなやり取りをしながら冒険者ギルドへ向かう俺たち三人を、宿屋の受付嬢は口を開けて呆然としながら眺めていた。

いろいろと騒がしくしてすまんな。

「ここなら安心さね」

ババアがそう言って、部屋の扉を締めた。

俺たち三人は今、冒険者ギルド本部の最上階にある、ギルマスの執務室にいる。

人払いされており、他には誰もいない。

部屋にあるソファセットに俺が座ると、対面する形でリタとババアが座る。

「それじゃ鑑定するわね」

「ああ、頼む」

リタが鑑定魔法を唱えると、リタの瞳に魔法陣が現れる。

リタは俺を見つめながら、用意していた羊皮紙に見えたものを書いていく。

リタが鑑定しながら驚いた表情をしたので、俺は不安を覚えながらも黙って待っていた。

なんか緊張するな～……と思っていると、リタが鑑定を終える。

「やっぱりね。これがあなたの今の能力よ、バン」

リタが書いたメモを俺に差し出した。

「ありがとな、リタ」

「どれどれ……」

だが俺が手に取る前に、横からババアに奪われてしまう。

「おい、ババア！」

「なるほどのう～。ほれ、お前の鑑定結果じゃ」

「分かってるってぇの！　奪っておきながら偉そうに……」

「孫弟子の鑑定結果を、大師匠であるわしが先に見て何が悪い？　このバカタレが！」

「痛！　だから叩くなって、くそっ………」

叩かれた頭を擦《こす》りながら鑑定結果を受け取って、眺める。

そこには、以前より大幅に上がった俺の能力値が書かれていた。

どういうことなんだ？　最低限訓練はしていたが、それは能力を落とさない程度のものだ。こんなに能力値が上がるような訓練はしてないはずだが。

読み進めていくと、最後に初めて見る項目があった。

そこに書かれていたのは、スキル『従魔の絆』というものだ。

従魔師と従魔との絆が強ければ強いほど、信頼関係に比例してお互いの能力が向上するスキルらしい。

なるほどな………

驚きはしたが心当たりがあり、すぐに納得できた。

道理で以前より楽に戦えたわけだ。

そうか……俺はニールのおかげで強くなっていたのか！

本当に、ニールには感謝だな。

ニールへの思いを噛みしめていると、リタが嬉しそうな顔で話しかけてくる。

「さっきバンとニールが厩で顔を付き合わせていたでしょ？　あの時、魔力の流れが不自然に変わったの。バンとニールを繋ぐように魔力が流れていて……それで、もしかしたらと思ったのよ」

「そうだったんだな……ニールを助けた時から不思議な感覚があったが、あまり気にもしてなかったんだ。俺はリタほど魔力に敏感じゃないしな」

「でも今回の鑑定でハッキリしたわ」

「何がだ？」

「バン、今のあなたはもうミスリルランカー……いえ、それ以上の力があるはずよ」

「そうか………」

「嬉しくないの？」

「嬉しいが、俺だけの力ってわけじゃないからな。それにもしミスリルにランクアップしたからといって、戦闘や討伐に積極的に参加しようとは思わん。ニールを危険な目に遭わせるのは極力避けたいからな」

俺とリタがやり取りをしていると、いつの間にかババアの姿が部屋から消えていた。

◆

王城にて。

さきほどの決闘騒ぎの後、女王は城に戻り執務をこなしていた。

そこへ、バンたちの使いに出ていた騎士が報告に戻ってきている。

「……というわけで、アルティミシア様からのお言葉もあり、登城は明日にしたいとのことです」

「そうか……ご苦労」

女王が言った後、部屋の空気が一気に重くなる。

その原因は、この国のトップである女王からの召喚を一蹴されたためというより、冒険者ギルド本部のギルドマスターであるアルティミシアの不興を買ってしまったことによるショックのためである。

黙りこくる家臣団。

女王は気丈に振る舞うよう努力しているが、羽ペンを持つ手が震えている。

その時……

「邪魔するよ！」

いきなり執務室のドアが開かれた。

声の主は、もちろんアルティミシアだ。

ズカズカと部屋に入り、執務机の前に立つ。

護衛たちは慌てて制止しようとするが、アルティミシアの眼力で威圧され、見て見ぬふりをするしかない。

「わしが来た理由は分かるね？　女王陛下」

アルティミシアに問われ、激しく頷く女王。

「ひっ、人払いを頼む……」

「ぎょ、御意《ぎょい》」

女王はうわずった声で宰相《さいしょう》に指示を出し、その場にいた全員がその言葉を待っていたかのように素早く退室する。

人がいなくなったところで、おそるおそる女王が言う。

「お久しぶりです、アルティ様」

「そうさね〜、わしがギルマスに就任する時以来じゃね〜」

「ええ……はい……それで、ご用件は？」

「マルゴー嬢に、ばあやがお灸《きゅう》を据えに来てやったのじゃよ」

「ごめんなさい、ばあや！」

「何が悪かったか本当に分かってるのかぇ〜？」

「はい……」

「まずは自分の客人をいきなり呼びつけるとは何事かね！　大体あんたは……」

女王マルゴーがまだ幼い王女であった頃、アルティミシアは護身術の教師であり、先代の王に懇願されて護衛も務めていた。

そんなアルティミシアに、女王は今になっても頭が上がらないのだ。

こうして夜が更けるまで、アルティミシアの説教が延々と続く。

その間、執務室には誰も入れなかった。というか、入ろうとしなかったのだった……

13話　新しい馬車

俺――バンは、リタと一緒に、冒険者ギルド一階の酒場へ向かった。

そこにはすでに、護衛三人がいた。

「「「お疲れさまです（っす）」」」

「早いわね！」

「試験はもう済んだのか？」

席を立ち挨拶をしてくる三人にそう尋ねてみる。

「じゃ～ん」

するとアンが、冒険者ランクのタグを見せてきた。

それは真新しいブロンズランカーのものに変わっている。

「で、お前らは？」

「「はい（っす）」」

ドウもトロワも、とても嬉しそうにブロンズランクのタグを見せてくる。

俺とリタは顔を見合わせ、三人に言う。

「「おめでとう」」

「「「ありがとうございます」」」

「今日はお祝いだな！　好きなだけ飲んで食べろ。俺の奢りだ」

「いや……でも……」

ドウが遠慮してきた。

確かに王都の飲食店じゃ、それなりの値段になるだろう。

「遠慮するな、護衛の依頼主でもあり、先輩冒険者でもある俺からの気持ちだよ」

「でも、どうやってこの恩を返せば……」

「先輩から受けた恩は、後輩に返せ」

「え！」

これは俺が慕う、レオンの兄貴の言葉だ。

「俺もランクアップした時に、先輩たちからご馳走されてな。ドウと同じように思ったんだよ。そんな時に、先輩から同じように言ってもらったんだ。だから今日は、俺にご馳走させてくれ。その代わりに、お前たちに後輩ができたら、できる範囲で同じように祝ってやってほしい。頼めるか？」

「「「はい！　分かりました」」」

「よし！　それじゃ、街に繰り出すぞ～」

「「「おお～～～」」」

そして、お祝いを兼ねた食べ歩きが始まった。


それから食べては飲んでを繰り返し、何軒店を回っただろう。

夜更けまで五人で飲み明かし、楽しい時間を過ごした。

流石は王都、屋台にも様々な種類の料理があり美味かった。

まあ～、値段は相場の二割くらい高めだったが許容範囲だ。

三人と別れた後、リタと一緒に宿へ戻り、気持ちよく眠りについた。

◆

そして翌朝。

リタを起こさないよう先にベッドから出て、こっそり身支度を整える。

それから一人でニールのいる厩へ向かった。

「おはよう、ニール」

「ブルル～（おはよ～）」

「ティアもおはよう」

「ピピーン」

朝の挨拶を交わし、二頭の食事の準備をする。

王都までの道中で、ティアの食事の準備もたまにしていたので、慣れたものだ。

ニールの食事とほぼ一緒で、混ぜる魔石の属性が違うぐらいだ。

そういえば、ティアも黒糖の欠片が気に入ったらしい。

時々俺にねだってきて、ニールと喧嘩するのは面白かったし、かわいかった。

「ほらニール、朝ご飯だ。それとティアお嬢様、まだリタ姫様はお休み中だから、俺で我慢してくれな」

「ブルルルル〜（いただきま〜す）」

「ピピピーン」

ティアも俺に懐いてくれている。

以前リタから「ティアも雌だから、女性のように話しかけるといいわよ♪」というアドバイスをもらったんだよな。

それで冗談半分で話し方を変えたら、確かにティアの警戒心が薄れ、懐かれたので驚いた。

それに、リタは黒糖の欠片を持っていないので、俺がニールに食べさせるたびに、ティアが涎を垂らしながら凝視してきたんだよな。

そこで分けてやるようになってから、余計に懐かれた気がする。

しかし、ティアが懐くようになった頃、ニールが怒っていたのには驚いたな。

ニールから嫉妬と不安の感情が俺に流れ込んできたんだ。

嫉妬は分かるが、なんで不安なんだ？

そう考えていると、ニールが黒糖を入れてる小袋を凝視していたので……

「大丈夫だぞ、ニール。ティアに分けてもまだまだあるからな」

そう話しかけアイテムバッグを叩くと、ニールは安心した様子になり、不安が収まっていった。

「ティアはもう仲間なんだから、優しくしてやってくれよな、ニール。俺にとってはずっとお前が一番なんだから」

「ヒヒーン、ブルル～（まあ～、主がそう言うなら～）」

俺の言葉にニールが返事をすると、だんだん嫉妬の感情も小さくなっていくのが分かった。

その後は、野営の時に俺とリタが交代で遠乗りをするようになり、リタの時はニールが、俺の時はティアが並走してついてくるようになって、二匹はとても仲良くなったようだ。

……なんて考えているうちに、二頭の食事が終わりそうだ。

その時、リタが眠たそうにこちらに歩いてきた。

「おはようバン……」

「おはようリタ。まだ寝ててよかったんだぞ？」

「うん……」

「ティアにも食事はあげておいたからな」

「ありがと……なら、私は食事が終わったら魔法で水浴びさせて、もう少しだけ寝させてもらうわね……」

「ああ、ゆっくりしてくれ。俺は商業ギルドと運輸ギルドに改めて顔を出しに行くから」

「うん……それにしても、あなたは昔から朝強いわよね」

「まあな。リタは今日宿でゆっくりしててくれよ」

「うん、いってらっしゃい（チュッ）」

「ああ〜、う〜ん〜、いってきます……」

不意にリタから頬にキスをされて焦った。

ニールとティアがこちらを笑ったような目で見ていたので、なんとも照れるな……


宿を出て、俺はまず商業ギルドへ向かう。

日が昇って少しずつ明るくなり、徐々に街中も活気づいてきた。

しかし、道が広いな。

もちろん王都の街自体がデカいのだが、道路の作りも片道二車線の四車線とかなり広い。それとは別に歩道まである。

到着した時はバタバタしていたので気付かなかったが、改めてよく見るとすごいな。


商業ギルドに到着すると、朝早くからとても賑わっていた。

あちらこちらで交渉をする声が飛びかう中、扉を開けて一階の大ホールに入る。

その途端、なぜかみんなが俺を凝視し、交渉や作業を止めて無言になる。

なんだ？　身だしなみがよくなかったのか？

今日はさっと準備をしただけだった。かしこまった話ではないのでいいか、と思ったのが間違いだったらしい……

ドギマギしていると、急にギルド職員に声を掛けられた。

「もしかしてバン様でしょうか？」

「はい、そうですが……」

なんで俺の名前を知ってるんだ？

不思議に思いつつも職員の後ろをついていくと、受付ではなく奥の商談室に案内された。

「こちらでお待ちください。すぐに担当の者がまいりますので」

「はあ、あの～」

どういうことなのか尋ねようとしたが、俺が聞く前に職員はすぐに笑顔で退室してしまった。

対応が丁寧すぎるから、人違いだと思うんだが……

そう考えながらも、担当が来るまで大人しく待つ。

「お待たせいたしました」

しばらくしてドアが開き、ギルド職員の制服とは違う装いをした紳士が入ってきた。

歳の頃は俺と同じくらい。スラッとした体型で、白髪を香油で後ろに流し、髭も整えられていて清潔感がある。

所作が洗練されていて隙がないところを見ると、偉い人なのか？

「いえ、さほど待っていません。ただ人違いかと思います。私はしがない馭者でして……」

俺の言葉を聞き、男が片眼鏡を上げながら言う。

「いえいえ合ってますよ。ゴールドランカーの冒険者であり、スレイプニル使いの従魔師の黒き疾風であり、ロワールの英雄であり、復讐の冒険者であり、新人の乗合馬車の馭者でもあらせられるバン様」

なんだ？　なぜ？　そんなにスラスラと……恥ずかしい〜〜〜。

あと『復讐の冒険者』ってなんだ？

そのワードは初めて聞くが……

「そうですか……まだご存知なかったのですね」

恥ずかしながらも『復讐の冒険者』というのがなんなのか尋ねてみると、男は解説を始めた。

昨日の決闘が終わり、俺とリタはすぐに帰ってしまったが、その後もいろいろとあったそうだ。

まずは西の公爵家が、あの場で女王陛下から子爵への降爵を言い渡されたそうだ。

現当主のムートン公爵は隠居扱いになり、本家は親戚筋に代わったという。

つまり、ガルマンの一族は表舞台からいなくなったようだ。

ちなみに、決闘はすぐ吟遊詩人によって歌にされ、街中に広まっているとか……

しかも歌の内容には、俺がギルマスを殺した事件のことも入っているらしい。

そのせいで、復讐の冒険者とか言われてるようだな。

その上なぜか、俺が貴族か騎士に取り立てられるのでは？　という噂まで広まっているそうだ。

？？？　なぜそうなる？

そして昨日の今日で、話が広まりすぎじゃないか？

この人がなぜここまで詳しく知っているのかも不思議だ。しかも、楽しそうに話してくる様子が少し怖い。

俺がジッと男を見ていると、それに気付いた様子の男が言う。

「これはこれは、申し遅れました。私は商業ギルド本部のギルドマスター、シードと申します」

商業本部のギルマス？

俺ごときを相手に、とんだ大物が現れてしまったな。

大体、今日はラガーリンの工房がある場所を聞くだけのつもりだったのに。一体、どう対応すればいい…………

「それで、バン様の本日のご用件は？」

こちらが会話に困っていると、シードから話を振ってくれた。

流石はこの国の商業ギルドの長《おさ》、会話の気遣いも慣れたものだと感心する。

「実は仲間から紹介されて、ドワーフのラガーリンという者を訪ねたいと思っています。もしその工房の場所が分かるなら教えていただきたい」

「なるほど！　かしこまりました。すぐにご案内いたします」

いや、案内って言われても、前に女王から派遣された騎士みたいに仰々しいのは困るぞ。

そこまでしてくれるっていうのは、下心があるんじゃないのか？

なんか悪い予感が………

「ありがとうございます。ですがお手を煩《わずら》わせるのもあれなんで、地図だけいただけたら十分なんですが……」

「そうですか……？　では地図をすぐにご用意いたしますので、少々お待ちください。その間にぜひバン様に受けていただきたい、商業ギルドからの依頼がございまして。そのお話をさせていただければと思います」

「は、はあ……なんでしょう」

外れてほしい予感は当たってしまった。

シードが机に置いてあるベルを鳴らすと、さきほど案内してくれた職員が入ってきた。

シードは職員に地図の手配とお茶を頼む。

職員が出ていくと、俺への依頼の話になった。

「二ヶ月半後、王都から南に位置する街、ラングドックで式典が行われます。それに伴って祭りが開かれ、武道大会や魔法対戦などの催しがいろいろとありまして……」

「はい、そのことは友人から聞いていて知ってます」

「おお！　そうですか。その目玉の一つが従魔レースなんです。バン様は、興味はおありで？」

「正直な話、ないです。自分はしがない馭者なので……ただ、連れはレースに出たいと話してましたよ」

「おお！　それはそれは。それでですね、我々のお願いというのは、ぜひバン様とその従魔にもレースに出場していただきたいというものなんです」

「はぁ……」

なんでも武道大会や魔法対戦は、国の兵士や騎士たちや冒険者が多数集まったのだが、従魔レースは参加者が少ないそうだ。

しかし、商業ギルドは従魔になんの関係もないだろうに、なんでシードが頼んでくるんだ？

不思議に思って聞いてみると、女王に商業ギルドが人を集めるよう依頼されたらしい。

馬車の仕事の都合で無理な者、従魔が見世物にされるのを嫌う者、自分の従魔が貴族に目をつけられるのを嫌がる者と理由は様々だが、積極的に出ようとする者は少ないらしい。

運輸ギルドや冒険者ギルドにも頼み込み、いろいろな従魔師へ依頼を出しているが、いい返事がもらえず困っているとのことだ。

そういえば以前、ホーンバイソンの馭者から、貴族や豪商による従魔への仕打ちについて聞いたな。ああいったことによる影響も大きいんだろう。

あの話は俺も思うところがある。

もしもニールがひどい扱いを受けたらと想像すると、我慢ならん。

「それは、今までの行いが悪かったのでは？」

「それを言われると、耳が痛いですな……」

シードも商業ギルド本部のギルマスであるからには、この件は把握しているはずだ。

直接の原因がシードにあるわけではないにしろ、長である以上、対処する必要があるだろう。

「あくまでも自分の意見ですが……」

俺はそれから、従魔についてギルドで対策してほしいことを話していく。

俺の意見なんて言っても仕方ないかもしれんが、ニールにも関係があると思うと我慢できなかったんだ。

まず、従魔や従魔師には信頼できる貴族の保護を与え、腐った考えを持つ奴らに手を出させないこと。

従魔を使った催しを行うなら、従魔や従魔師が社会の役に立っていることをアピールすること。

例えば、町の流通を助けてる従魔と従魔師がいるとか、村に強い従魔と従魔師が住んでいるおかげで、弱い魔物や魔獣に襲われないとか……

これは俺の予想だが、たぶん従魔師は金では動かないだろう。

自分や家族、そして相棒である従魔の安全を保証し、普段から従魔師の仕事に敬意を払い、従魔と人間がお互いに助け合っていることを認知してもらうための大会。

そういった目的で催しができれば、参加者は増えると思う。

従魔に直接関係ない商業ギルマスに伝えてどこまで効果があるかは謎だが、そんなようなことを、シードに語った。

語った後になって、偉そうなことを言ってしまったと反省していると……

「なるほど！　ご意見ありがとうございます。確かに、配慮がなさすぎましたね。レースに勝てば賞金が出るというだけでは動いてくれないと………」

シードは大喜びでメモを取っていて、その上「他には？」とグイグイ質問してきた。

一応、参考にはなったみたいだな。

俺はあくまでも個人的な意見にすぎないと念を押しつつ、シードの質問に答えていく。

そんなことをやっている間に、ずいぶん時間が経ってしまった。

俺は早くラガーリンの工房に行きたいのだが……

そう思っていると、それを察してくれたのかシードが言う。

「おお、長々とお引き止めして申し訳ございませんでした。バン様の助言には、本当に助けられました。ありがとうございます」

「いえいえ、俺なんかの意見は別に…………」

「何をおっしゃいます！　従魔師からの意見を直接聞ける機会など、最近はなかなかなかったので」

やっとシードとの話が終わり、商談室を出る。

しかし、シードがお見送りを、と言ってついてくる。

商業ギルド本部のマスター、直々の見送りって……

そのためとても目立ってしまっているが、仕方がないと諦め、当たり障りのない会話をしながらギルドの玄関へ向かう俺たち。

最後に、シードが思い出したように、さっき職員が持ってきた羊皮紙を取り出す。

「おお、そうでした。こちらが地図でございます。それではなにとぞお連れ様と共に、レースへご参加くださいませ」

おいおい、レースに参加してほしいって話は諦めてなかったのか。

「はぁ～、一応検討はしてみます。こちらこそありがとうございました」

心の中でツッコみつつも、返事は濁して商業ギルドを出た。

王都は巨大な円形都市だ。その東の壁沿いに、工房が集められた区画がある。

地図にはその区画の外れ、通りの行き止まりに『ラガーリン工房』と書かれている。

時間は昼前ぐらいになってしまっているので、俺は足早に進む。

区画に入ると、職人たちが少し早めの昼食を取っていた。

ドワーフが多いが、獣人、エルフ、ヒューマンと、様々な種族が入り交じって一緒に食事している。

種族差別がない、この国らしい光景だ。

俺がアルール王国を好きなところでもある。他国ではいまだに種族や宗教で差別をしたり、争いが起こったりする場所も少なくないからな。

そんな光景を横目に進むと、間もなく目的のラガーリン工房に到着した。

「ラガーリン殿、ボウモアの紹介で来ました。バンといいます」

扉についているノッカーを使い、声を掛ける。

すると扉が開き、一人の女性ドワーフが現れた。

眼鏡と白衣を身に着けており、職人というより研究者のようだった。

手には取っ手のないガラスのコップを持っていて、コップに入った透明な液体が、少し鼻につく匂いを発している。

「モア君のお友達？」

モア君？　誰のことだ？

……と、一瞬パニックになったが、モア君というのはボウモアのことだろう。

あのボウモアが、モア君って……

駄目だ、笑っては。我慢だ、俺……

「はいっ。くっ……ボウモアとは、昔の冒険者仲間です……王都に着いたらラガーリン殿を訪ねてみろと……くっ……」

必死に我慢したんだが……駄目だ！　ツボに入ってしまった。

「あはははは〜、面白い顔♪　中へどうぞ〜」

笑うのは流石に失礼だろうと思ったが、ラガーリンは気にしていないみたいだ。

「は、はあ……じゃあ、失礼します」

俺の笑いを堪えた顔はそんなに変だったのだろうか？


ラガーリンにリビングへ案内され、椅子に座るとエールを出された。

流石、酒好きで知られる種族のドワーフだな。

ラガーリンもエールを飲むものだと思ったんだが……彼女は手に持った液体をそのまま飲んでいる。

「ラガーリン殿、それは大丈夫なので？」

「うん、これは研究中の回復酒。ポーションを酒にすることで、味と保存期間の改善を目指してる」

「なるほど」

「飲む？」

「今日はこの後も予定があるので、またの機会にします」

「そう……残念。ドワーフ以外の感想レポートが少ない。ところでモア君の友達なら、『殿』なんてやめて同じように話して」

そう言われ、俺は口調を崩した。

「いいのか？」

「うん、リンって呼んで。私もバン君って呼ぶ」

「分かったリン、これからよろしく♪」

「こちらこそ、バン君♪」

挨拶をして握手を交わす。

「それで、今日はなんの用？」

「ああ。実は馬車を新しく作りたくて……」

ニールの力の強さに馬車が耐えられないこと、今使ってる馬車の寿命が近いこと、ボウモアの紹介なら間違いないと思い相談しに来たこと……

そんな事情を、かいつまんで説明した。

話を聞いたリンは、無表情ながら大きく頷く。

「分かった。それならいろいろと手助けできる」

「本当か？」

「うん、少しお金はかかるけど、最高の馬車を作れる」

「いくらだ？」

「う～ん、一千万テルぐらい」

「高いな～」

「素材や材料を用意して持ち込んでくれたら、半額にできる」

「しかし……」

「でも、私が作る馬車はすごい。従魔に引かせても揺れず、丈夫だから速度は今の倍出しても問題ない。しかも魔法や物理攻撃にも耐えられる。あと幌は折り畳み式で、開閉が自由」

「すごいな！」

「うん、すごい。なので、材料持ち込みで売り値を下げても、五百万テルが限界」

「そうか……」

確かにそんな馬車があれば最高だが、材料持ち込みでも相場の約十倍の値段か……

だがニールの力じゃ、普通の馬車だとすぐ駄目にしてしまう。

そのたびに買い替えることを考えたら、リンの馬車を買った方が最終的に安く済むんじゃないか？

それに防御力が高いのは、乗客の安全を考えれば最高だ。揺れない仕様も、旅を快適に過ごしてもらえるだろう。

材料を自分たちで用意できれば、金は盗賊の賞金から出せる。

「よし、分かった。リン、お願いする」

そう言って俺は五百万テルをテーブルに置いた。

「おお！　気前がいい。流石はモア君の友達」

俺がこの場で即決すると思ってなかったのか、リンは驚きつつも嬉しそうな顔で金貨を眺める。

「これで今までに作ったものが無駄にならない。あれもあれも詰め込んで〜、フフフ〜」

馬車作りへの妄想を膨らませている様子で、ブツブツ言いだしたリンに慌てて声を掛ける。

「お〜い、戻ってきてくれ〜」

「……あ、ごめん。とにかく、アルール王国で最高最強の馬車を作ることができる。楽しみ」

最高はいいが、最強は違うんじゃないか……いや？　違わないのか？

まあ、俺には分からんので職人に任せよう。

「じゃあ、早速打ち合せ。まずはデザインを決める。ご要望は？」

リンからいろいろと質問され、希望のデザインについて答えていく。

華美な装飾はなしで、目立たない色。形は普通の乗合馬車と同じ。縦長にして座席を少しだけ増やしたい、などなど……

リンは羊皮紙にメモを取り、たまに少し考え込んだり、何か閃《ひらめ》いた様子で目を輝かせたりと、表情が変わって面白い。

「分かった。デザインを何個か描いておく。それと馬車を設計する前に、なるべく早くニールと会いたいし、今の馬車も見ておきたい。いつでもいいので、また来て」

そうこうしているうちに打ち合わせが終わり、リンに言われた。

「了解した。なるべく早く連れてくるよ」

「うん！　よろしく♪」

新しい馬車か……楽しみだな。

14話　ランクアップ

リンの工房で用事を済ませた俺は、今度は運輸ギルドに来た。

ギルド前には、豪華な馬車が停まっている。

貴族が来てるみたいだ。面倒だな……

そう思いながらも、早めに要件を片付けようと思い建物に入る。

すると、中では何やら騒ぎが起きていた。

「だから、さっさと連絡をつけてくれ」

「ですから、こちらからは依頼でない限り、無理な呼び出しはいたしておりません」

「なんだと！　私はこれでも……」

「もし貴族の家名を名乗るのであれば、覚悟して発言してくださいね」

「……………」

貴族らしい男と受付嬢が大声でやり合っている。

やはり面倒だな、貴族というのは……

しかしこの受付嬢はすごいな。一歩も譲らず、逆に貴族を黙らせてしまった。

一体何があったのだろう……まあ俺には関係ないか。

そっと他の受付へ向かい、そこで要件を伝える。

「すまない。緊急ではないのだが、なるべく急ぎで対応してもらいたいのだが……」

そう言って俺はホーンバイソンの馭者からもらった羊皮紙をアイテムバッグから取り出し、受付嬢に手渡す。

「確認いたしま……えっ！　少々お待ちください」

「えっ！　はい、分かりました」

中身を確認した受付嬢が驚き、すぐに席を立って奥に小走りで去っていく。

俺も受付嬢の反応に驚いてしまったが、言われた通りそのまま待っていると……

「おい！　何をしている？」

なぜか急に、貴族の部下らしき騎士たちに絡まれてしまった。

「この受付は空いていたので、要件を済まそうと……」

「今はこちらのお方の案件が最優先だ」

「はあ……申し訳ございません。どうしても急ぎでして」

さっさとやることやって宿に戻らないと、陛下との食事会に間に合わないからな。

「なんだと!?」

怒りだす騎士。

面倒な……と思っていると、突然男性の声がロビーに響く。

「おやめください！」

その男性は、さっき俺の対応をしてくれた受付嬢と一緒に二階から下りてきた。

「お待たせいたしました。バン様、どうぞこちらへ」

「はい……」

なぜかロビーにいる全員がこちらを向き、ぽかんと口を開けている。

なんだ？　どうした？　よく分からん。

絡んできた騎士は、驚いて尻もちをついて震えている。

「おい！　お前」

案内されている途中、他の受付嬢とやり合っていた貴族が俺を呼び止めた。

「なぜ私よりも優先して案内されている」

「はい？」

わけが分からん。俺はただ言われた通りにしているだけだ。

どうしたものかと思っていると、俺の隣にいた男性が進み出る。

「それには私がお答えしましょう」

「誰だ？」

「申し遅れました。私は運輸ギルド本部、副ギルドマスターのジョブジョンと申します」

「え！　あの……」

それを聞いた瞬間、貴族の顔色が真っ青になる。

なんかもう、最近いろいろとお偉いさんたちが出張ってくるな。

「案件の優先順位はこちらで精査して決めておりますが、何か問題でも？　もしご意見があるのならお聞きしますが？　それに、私は名乗りましたがそちらは？」

「いや……その……」

「それから受付で、しかも女性に怒鳴るとは何事ですか？　それほど緊急の事態ならば、王城の運輸局に行かれてはいかがでしょう」

「あっ……はい……」

「どうぞお引き取りを」

ジョブジョンがそう言って貴族に礼をすると、運輸ギルドの職員も全員立ち上がり、同じように礼をする。

貴族は騎士たちを連れて小さくなり、コソコソと運輸ギルドを出ていった。

貴族たちが消えたところで、ジョブジョンが俺に向き直って言う。

「……失礼いたしました。それでは、バン様はどうぞこちらに」

「はぁ……」

こういった毅然とした対応ができるのは素直にすごいな。

そう感心しながら、俺は二階の応接室に通された。

「それでは、こちらの紹介状についてですが……」

「はい」

応接室に入ると、ジョブジョンが話しだした。

俺は内容を見ていないので、何が書いてあるのか気になる。

ジョブジョンによると、その内容とは、ホーンバイソンの馭者が侯爵家に宛てて書いたもので、「自分と同じように、バンにも侯爵家の庇護を授けてほしい」と書かれていたとのこと。

ホーンバイソンの馭者は侯爵領内で昔働いており、今も領内の流通に貢献している。だから、侯爵にもかなり顔が利くみたいだ。

「それでですね、バン様。私も侯爵家からの庇護は大変ありがたいお話だと思いますので、ぜひ面会の申請をしようと思います。いかがでしょう？」

その言葉に、俺は少し考えてしまう。

確かに後ろ盾を得るのは、今後ニールと一緒に生活をしていく上で大切なことだろう。

だが、それを利用して貴族から無理難題を言われるのは困る。侯爵家ともなれば、流石に断るのは難しいだろう。

どうしたものか……と、俺が悩んでいると、ジョブジョンが笑顔で話しかけてくる。

「たぶん、バン様が懸念されてるようなことにはならないかと思いますよ」

「顔に出てましたか？」

「はい。それにさきほどのロビーでの一件ですが……」

どこの貴族か分からないが、吟遊詩人から聞いた話をもとに俺を探していたらしい。

冒険者ギルドに行ったが断られ、従魔といえば運輸ギルドだと思ってきていたそうだ。

「いろいろと情報が錯綜《さくそう》しているみたいですな、ははははは……」

名前も分からず、いろいろな二つ名を連呼し、特徴の当てはまる従魔師を呼び出せと大騒ぎしたらしいが、無茶にもほどがある……

名前も知らずに、よく探し出そうと思ったものだ。

「言いにくいのですが、バン様は前の二つ名の方が今でも有名ですので、現在の二つ名ではなかなかバン様とは結びつかないのでしょう」

なるほどな。ギルマス殺しか……

嫌な二つ名だが、今回は助けられたな。

そう思いつつ、話を侯爵のことに戻す。

「……では、侯爵様との面会をお願いします。さきほど商業ギルドでも、王太子殿下の即位を祝う祭りへの参加を依頼されまして」

「なら申し分ないですな。紹介状に加えて祭りへの参加依頼と聞けば、間違いなく後ろ盾になってくださいますよ」

「無事に済めばいいんですがね。ははは……」

ジョブジョンとの話は終わり、明日の午後にもう一度運輸ギルドに足を運ぶことになった。

面倒だが仕方ない。

明日は午前中にリンのところに寄って、今度はニールと一緒に来るか。

話が終わり、運輸ギルドを出て宿へ戻る。

するとそこには、豪華な馬車と騎士と執事が待っていた。

騎士も執事も見た顔だな……

騎士は女王からの使いでやって来たのにババアに追い返された奴だし、執事はガルマンたちの事件の時に現場にいた人だ。

「バン様、お待ちしておりました」

「どうも……」

「リタ様にもお声掛けしております。バン様もお早くご仕度くださいますよう」

「はい、分かりました」

執事さんとそんな会話を交わす。

騎士さんに黙礼すると、向こうも返してくれた。表情はお互い苦笑いだ。

言葉には出していないが、なんとなく……

(お疲れさまです。先日はうちのババアがご迷惑を……)

(まあ仕事ですから。ははは……)

みたいな会話が心の中で成立していたように思う。

そうこうして宿の部屋に戻ると、リタはすでに着替えを済ませ、身支度を終わらせていた。

「ただいま、リタ」

「おかえりなさい、バン」

挨拶を交わすと、俺はすぐにメイドさんたちに囲まれる。

「ささ、バン様もお着替えを」

自分でできると言ったんだが聞いてもらえず、なすがままに着替えさせられる。

恥ずかしい～。


着替えが終わると馬車に乗り、王城の門を潜る。

「バン、面倒だって顔に出てるわよ」

「すまん。気を付ける」

馬車の中でリタに注意されたが、気を付けると言ってもどうすればいいか分からん。

王城内に入ると、前回来た時と城内の雰囲気が違う。

食事会ということで、以前より豪華に飾られている気がする。

「大丈夫？」

「いや……まあ……その……」

緊張と不安で無言になっていると、リタに聞かれる。

戦闘なら慣れたものだが、こういったことは慣れてないし苦手だ。

しかも王族との食事会なんて、正直罰ゲームみたいなもんだ。

「バン様、リタ様のお二人をご案内いたしました」

いろいろ考えていると食堂の前に着き、執事が部屋の中に声を掛ける。

すると、扉が内側に開かれる。

食堂には長いテーブルの奥に女王陛下、隣に王配殿下が座っており、わざわざ立って出迎えてくれていた。

「今日は我らをお招きいただき感謝申し上げます、陛下」

まずは俺が、昔習った貴族へのマナーを思い出しながら挨拶をする。

リタは俺の挨拶に合わせて、ドレスの裾《すそ》をつまんでお辞儀した。

「よいよい、そうかしこまるな。席についてくれ」

「「はい」」

女王陛下に促され、側の席に座る。

俺の隣にリタ。そして正面には……なぜかババアがいる。

「その、陛下……なぜ？」

理由を聞いたが、なぜか女王陛下は答えづらそうだ。

「それは私から説明させてもらうよ」

そう言って話し始めたのは、王配殿下。

女王陛下が助かったという表情をし、王配殿下はそれに微笑む。

とても良好な夫婦関係なのが伝わってきた。

「遅ればせながら自己紹介をさせてくれ。私はアルール王国女王陛下の王配にして、軍務局長を務めるブライトンだ。よろしく頼む」

「「よろしくお願いいたします」」

「うん、二人とも強そうだね。それに礼儀正しい。ぜひ我が軍に……」

ゴホン、ゴホン！

「あっ……その、申し訳ない。今の話はなかったことに……」

女王陛下の慌てた咳払いでブライトン様は話を切る。

そして、ババアがここにいる理由を話し始めた。

昨日俺たちの予定に配慮せず、突然呼び出そうとしたことに対し、ババアが女王陛下を叱りつけたそうだ。

おいおいババア……と思ったが、ババアは昔、女王陛下の護衛兼教育係だったらしい。

初耳で驚いたが、納得もできる。

国内、いや大陸で五本の指に入る強さのババアが護衛なら、なんの心配もないだろうからな。

それはさておき、ババアは今回の食事会でも、女王陛下が俺たちに無理難題を言わないよう同席してくれたらしい。

ブライトン様にそう説明されると、ババアは顔を真っ赤にし、腕を組んでそっぽを向く。

「うるさいね、ブライトン公。わしゃ食事にお呼ばれしただけさね」

一体どこに、ババアデレの需要があるというのか……

ただ、心配してくれたことは素直に嬉しいし、感謝の気持ちでいっぱいだ。

「不甲斐ない孫弟子で申し訳ございません。アルティ様、ご配慮に感謝申し上げます」

俺は着席したままではあるが、深く頭を下げて礼を言った。

「フン！　いつもそう礼儀正しいなら言うことは減るのじゃがのう～。これからはしっかりリタ嬢の言うことを聞くんじゃぞ！　リタ嬢や、このバカガキが言うことを聞かないようであれば、わしに言いにおいで」

「はい、ありがとうございます。アルティ様」

二人とも、笑顔が怖いんだが？

「それではみんな、食事会を始めるぞ」

女王陛下がそう合図をすると、飲み物と料理が運ばれてくる。

王族の食事ってことは、毒見なんかはするのか？　と変な期待をしていたが、鑑定をし、解毒の魔道具を使うだけで大丈夫だろう。

みんなで食事をしながら、いろんな話に花を咲かせる。

あっという間に食事も終わり、食後のお茶を飲みながら雑談をしていると……

「さて、ここからは改まった話だ」

そう女王陛下が言って右手を上げる。

すると、部屋からは人払いがされ、俺たち五人だけになった。

その途端、女王陛下が言ってくる。

「バン、リタ。まず二人にはミスリルランカーに昇格してもらう。その上で、騎士の位を授けるつもりだ」

え！　なんで？　どういうこと？　話が急すぎてついていけないんだが。

ていうか、ジョブジョンから聞いたあの噂、本当だったのかよ！

「恐れながら陛下、私は……」

「まあ待て、まずは理由を聞いてもらいたい」

とっさに断ろうとした俺を女王陛下が止め、話し始める。

まず、ミスリルランクへの昇格について。

これはババアの勧めによるもので、今の俺たちが現在のランクにいることが迷惑なんだそうだ。

客観的に見て、俺とリタの実力ではゴールドランクに留めておくのは難しい。なので、二人まとめて昇格させるということだそうだ。

次に、騎士の叙任について。

これにはいろいろな理由があるそうだ。

一つ目は、決闘で揉めた西の貴族たちからの仕返しに対する抑止力とするため。

二つ目は、俺が減らした近衛騎士の数を補充するため。

そして三つ目は、俺という戦力を国外に出さないため、だそうだ。

確かに騎士になれば、外交以外では国外に移住できなくなるからな。

冒険者は自由だ。その国が嫌になればすぐに出ていくし、儲かると聞けばどんな国にも行く。

それを防ぎたいということなんだろう。

「ちなみに、バンを騎士に叙任することについては箝口令《かんこうれい》を敷くつもりだよ。だから、どの道安心してほしい」

「それはどういうことですか？」

俺が混乱していると、ブライトン様が説明してくれた。

つまり、俺を王家の近衛騎士としても、それを世間に知らしめることはない。だから、今までと同じ生活をしていいそうだ。

ただし、旅先で何かしら問題に出くわしたら、対処し、報告をしてほしいと。

もしや騎士っていうより、密偵ってやつなのか？

そう思ったんだが、調査先を指定されるってわけでもないらしい。

そして一番のメリットは、騎士章を見せればアイテムバッグの検閲が免除されることだそうだ。

俺はこの国が好きだし、移り住むつもりもない。世話になった人たちも多いし、仲間や友人もいるしな。

もし戦争になったとしても、その人たちを守るためなら戦いも辞さない覚悟はある。

しかしなあ、騎士になるってのはなあ……

俺が悩んでいると……

「バカが考えても分からんよ。素直に受けときな、バン」

そうババアに言われた。

まあ確かにそうなんだが、改めて言われると少しムカつく……

「それにこれは、両陛下からの感謝と詫びの証でもあるんじゃよ」

ババアが言うと、両陛下が突然頭を下げる。

「『バン、本当に申し訳なかった』」

「やめてくださいお二人とも！　頭を上げてください」

慌ててそう言うが、両陛下は貴族の不正や腐敗による被害は、任命した王族に責任があると言って頭を下げ続けた。

こんな冒険者風情に頭を下げる両陛下を見て、俺は改めてこの国が好きになった。

どうせこの国を回る仕事だし、断るのも無粋だな。

俺は椅子から立ち上がり、両陛下に向かって跪く。

そして……

「かしこまりました、謹《つつし》んでお受けいたします」

頭を下げてそう言ったのだった。

月が導く異世界道中
Tsukiga Michibiku Isekai Dochu
あずみ圭
Azumi Kei
1~18
8.5
シリーズ累計
350万部
(電子含む)
の超人気作!
TVアニメ 第2期
2024年1月から
2クール
放送決定!
異世界へと召喚された平凡な高校生、深澄真。彼は女神に「顔が不細工」と罵られ、問答無用で最果ての荒野に飛ばされてしまう。人の温もりを求めて彷徨う真だが、仲間になった美女達は、元竜と元蜘蛛!? とことん不運、されどチートな真の異世界珍道中が始まった!
2期までに
原作シリーズもチェック!
●各定価：1320円(10%税込)
●illustration：マツモトミツアキ
1~18巻好評発売中!!
漫画：木野コトラ
●各定価：748円(10%税込) ●B6判
コミックス1~12巻好評発売中

没落した貴族家に拾われたので恩返しで復興させます

六山葵
Aoi Rokuyama

魔法の才で偉くなって没落した実家を立て直そう!

悪魔にも愛されちゃう少年の王道魔法ファンタジー!

あくどい貴族に騙され没落した家に拾われた、元捨て子の少年レオン。彼の特技は誰よりもずば抜けた魔法だ。たまに夢に見る不思議な赤い本が力を与えているらしい。才能を活かして魔法使いとなり実家を立て直すため、レオンは魔法学院に入学。素材集めの実習や友人の使い魔(猫)捜し、寮対抗の魔法祭……実力を発揮して、学院生活を楽しく充実させていく。そんな中、何かと絡んできていた王国の第二王子がきっかけで、レオンの出自と彼が見る夢、そして魔法界の伝説にまつわる大事件が発生して——!?

◎定価:1320円(10%税込)　◎ISBN 978-4-434-32187-0　◎illustration:福きつね

この作品に対する皆様のご意見・ご感想をお待ちしております。

おハガキ・お手紙は以下の宛先にお送りください。

【宛先】

〒150-6008 東京都渋谷区恵比寿 4-20-3 恵比寿ｶﾞｰﾃﾞﾝﾌﾟﾚｲｽﾀﾜｰ 8F
（株）アルファポリス　書籍感想係

メールフォームでのご意見・ご感想は右のＱＲコードから、
あるいは以下のワードで検索をかけてください。

アルファポリス　書籍の感想　検索

ご感想はこちらから

本書は Web サイト「アルファポリス」（https://www.alphapolis.co.jp/）に投稿されたものを、改稿、改題、加筆のうえ、書籍化したものです。

引退冒険者《いんたいぼうけんしゃ》は従魔《じゅうま》と共《とも》に乗合《のりあい》馬車《ばしゃ》始《はじ》めました

アマゴリオ

2023年７月31日初版発行

編集－田中森意・芦田尚
編集長－太田鉄平
発行者－梶本雄介
発行所－株式会社アルファポリス
〒150-6008 東京都渋谷区恵比寿4-20-3 恵比寿ｶﾞｰﾃﾞﾝﾌﾟﾚｲｽﾀﾜｰ8F
TEL 03-6277-1601（営業）　03-6277-1602（編集）
URL https://www.alphapolis.co.jp/
発売元－株式会社星雲社（共同出版社・流通責任出版社）
〒112-0005 東京都文京区水道1-3-30
TEL 03-3868-3275
装丁・本文イラスト－とねがわ
装丁デザイン－AFTERGLOW
印刷－図書印刷株式会社

価格はカバーに表示されてあります。

落丁乱丁の場合はアルファポリスまでご連絡ください。

送料は小社負担でお取り替えします。


ISBN978-4-434-32312-6　C0093